Gerth Haase

# Silvana Vampinella von Drăculea
Eine Mücke erzählt...

**...über die Gefahren des alltäglichen Lebens und dem Kampf mit dem Menschen bis auf Blut**

Foto Umschlagseite: tanakawho, „Mosquito", CC-Lizenz (BY 2.0)http://creativecommons.org/licenses/by/2.0/de/deed.de Bild stammt aus der kostenlosen Bilddatenbank www.piqs.de

*Bibliografische Information der Deutschen Nationalbibliothek:*

*Die Deutsche Nationalbibliothek verzeichnet diese Publikation in der Deutschen Nationalbibliografie; detaillierte bibliografische Daten sind im Internet über http://dnb.dnb.de abrufbar.*

*© 2015 Name des Autors/Rechteinhabers:*

*Gerth Haase*

*Illustration: Gerth Haase*

*Herstellung und Verlag: BoD – Books on Demand, Norderstedt*

*ISBN: 978-3-7347-7356-3*

**Inhaltsverzeichnis:**

1. Die Mücke, eine wichtige Rolle im Ökosystem  **7**

2. Ich erblickte das Licht der Welt  **20**

3. Überall droht Gefahr  **34**

4. Die körperliche Vereinigung  **45**

5. Ich fieberte nach Blut  **55**

6. Eine proteinreiche Mahlzeit  **64**

7. Menschen sind eine besonders große Bluttankstelle  **79**

8. Mut ist wie ein Abenteuer  **90**

9. Menschen sind
   eigenwillige Wesen    **100**

10. Es war das Gefühl
    des Todes    **110**

11. Wie ein Basejumper
    stürzte ich mich auf den
    wohlriechenden Körper    **120**

12. Nach der Verdauung
    kommt die Eiablage    **130**

# 1. Die Mücke, eine wichtige Rolle im Ökosystem

Hallo. Ich heiße Silvana und bin ein weiblicher Zweiflügler, ein nützliches Wesen, das eine ökologische Nische im System ausfüllt. Doch Menschen befürworten nicht unbedingt die Gegenwart von Lebewesen meiner Art. Sie sind der Meinung, dass wir nur die Windschutzscheiben beim schnell fahren auf der Landstraße verdrecken; dass wir ständig dafür sorgen, das Ehemänner aus dem Bett gejagt werden, um mit dem Pantoffel bewaffnet hinter uns her zu jagen; dass unsere Anwesenheit nur zu ekstatischen Nachtpartys anregen; dass wir angeblich eine wesentliche Rolle zum Erwerb von Malaria beitragen; dass wir als Schmarotzer bezeichnet werden, weil wir auf Kosten anderer es uns gut ergehen lassen und das man den Standpunkt vertritt, dass wir zu Elefanten mutieren können, nur weil wir auch über einen Rüssel verfügen.

Dabei sind wir doch zart gebaute, schlanke Wesen mit langen, gut geformten Beinen, nettem Aussehen, einer sportlichen Taille, Fühlern am Kopf als Rezeptoren und leicht beschuppten Flügeln. Wir können bis zu hundert Metern hoch fliegen und das mit einer schwindelerregenden Geschwindigkeit von nahezu zwei Kilometer pro Stunde.

Außerdem sind wir sehr liebebedürftige Wesen, die bis zu dreihundert Eier legen können, die dann fürsorglich in Tümpeln, Regentonnen, ja sogar in mit Wasser gefüllten Vertiefungen eines zusammengeknüllten Plastikbeutels gelegt werden.

Ja ich gehöre zur Klasse der Insekten, zur Unterklasse der Fluginsekten innerhalb der Ordnung der Zweiflügler, die der Familie der Stechmücken, der Gattung Culicidae angehören.

Gerade weil Menschen uns als lästig empfinden, uns als Virusüberträger bezeichnen, grenzen sie uns leider in jeder Hinsicht aus. Dabei sind es nur bestimmte Mücken die daran schuld sind, dass jährlich zig Millionen Menschen auf der Welt in Kliniken eingewiesen werden. Es ist die Anopheles, eine Fiebermücke die sich in subtropischen Gebieten aufhält und jährlich den Tod vieler Menschen auf dem Gewissen hat.

Im Mittelmeerraum existiert sogar eine besondere, unangenehme Mückenart, die Phlebotominae eine Sandmücke aus der Familie der Schmetterlingsmücken, die das Pappataci Fieber überträgt. Ein plötzlich auftretendes Krankheitsgefühl mit hohen Körpertemperaturen und starken Kopfschmerzen, das besonders an der Stirn und hinter den Augen wahrgenommen wird. Doch im Gegensatz zu Malaria, ist das Pappataci Fieber nicht tödlich.

In England lebt eine ganz besondere Mückenart, die an den Film "Die Zeitmaschine" erinnert. Ein Film, der weit in der Zukunft spielt, wo die Erde verseucht wurde und die menschliche Zivilisation sich in zwei Gruppen gespaltet hatte. Die eine Gruppe war das Volk der Eloys. Sie leben oberirdisch, ernähren sich von Obst und Früchten und leben in einer paradiesisch anmutenden Landschaft. Die anderen waren das Volk der Morlocks. Sie leben unterirdisch in einem Labyrinth mit maschinenangetriebenen Apparaten.

In der Londoner U-Bahn ist es nicht viel anders. Mücken die einst von Menschen- und Vogelblut lebten, haben ihr Domizil in die unterirdischen Schnellbahnstrecken verlegt, mussten sich auf Rattenblut umstellen und können sich nicht mehr mit oberirdischen Stechmücken paaren.

Unsere Gattung ist dagegen harmlos. Mit unserem spezialisierten Mundwerkzeug, dem saugenden Rüssel, können wir die Haut von Menschen durchbohren, ohne dass sie es merken und uns an dem roten Blutfarbstoff laben.

Der Mensch zählt nun mal eben zu unseren attraktivsten Opfern. Das im Köper pulsierende Blut und die dort enthaltenen Proteine, sind für die Reifung unserer Eier nach der Paarung äußerst wichtig. Wir brauchen die eiweißhaltige Nahrung für die Aufzucht unserer Nachkommen.

Der Mensch hat so viel davon und wir nehmen doch nun wirklich nur so wenig Blut, dass dieser kleine Tropfen gar nicht auffällt.

Mit unserem Stechrüssel, der rundum eine gezackte Oberfläche hat, ritzen wir ganz vorsichtig in die Haut ein und berühren dabei kaum Nerven, sodass man nicht mal den Stich bemerkt. Damit sich die Einstichstelle nicht gleich wieder schließt, das Blut nicht gerinnt, spritzen wir ein wenig von unserem Speichel in die Einstichstelle, das betäubt sie ein wenig. Hat auch seinen Vorteil, dass wir nicht immer wieder nachstechen müssen, um Blut zu saugen.

Wenn wir dann vollgesaugt sind und dreimal zu schwer abfliegen, puh da haben wir ganz schon was zu schleppen. Sind wir erstmal abgeflogen, bemerkt auch schon bald der menschliche Körper den fremden Mückenspeichel: Es fängt nämlich an zu jucken.

Er ist aber nicht giftig, wie bei Wespen und Bienen. Es sind nur einige Stoffe, auf die der menschliche Körper allergisch reagiert. Deshalb gibt es diese Quaddeln, die dann auch noch jucken. Wenn man dann noch kratzt und reibt, verteilt man nur noch den Speichel unter der Haut und vergrößert dadurch die juckreizende Stelle.

Manche Menschen glauben, dass sie ständig von uns gestochen werden. Das kann natürlich vorkommen, liegt aber nicht am Geschmack des Blutes. Uns ist es ziemlich egal ob es süß oder bitter, schal oder salzig, trocken oder saftig schmeckt. Es ist eher der Mix aus verschiedenen Düften, die von den Menschen über die Haut ausgeströmt werden, wie die Zusammensetzung von Fettsäuren und Schweiß. Auch Menschen nach dem Sport sind interessant, aber nicht nur weil sie schwitzen, nein weil sie mehr vom dem herrlich duftenden Kohlendioxid ausatmen.

Na gut, manche haben auch eine unangenehme Ausdünstung. Das kann am Essen liegen oder am kulturellen Engagement, am Saufen. Auch von Füßen, die mich wie ein Gouda vom vorletzten Monat anlachen oder von T-Shirts mit faulig übelriechendem Geruch, der durch einen bakteriellen Zersetzungsprozess erzeugt wurde, halten wir uns fern. Da bleibt einem dann selbst der Atem weg.

Angenehmer Geruch geht meistens von Frauen aus, wie der Duft einer Frühlingswiese, einer würzigen Meeresbrise; wie Vanille und Orchideen oder Bratapfel mit Zimt und Zucker.

Wenn wir derartige Gerüche identifizieren, das Aroma Einatmen, es dann am Gaumen entlang leiten und es so riechen wie auch schmecken, uns einfach daran statttrinken, dann kann es schon mal vorkommen, dass wir über uns hinaus wachsen.

Es ist wie ein gaumenschmeichelnder Leckerbissen, eine Sinnesexplosion des Geschmackes, eine Freude ohne Gleichen. Wie eine liebevoll zubereitete Speise, die an den empfindlichen Gaumen eines Gourmets gelangt ohne irgendwelche Kochshows aus den TV-Programmen gesehen zu haben, wo angebliche Sterneköche mit ihrer Selbstbeweihräucherung so tun, als wenn sie die einzigen Menschen auf der Welt sind, die kochen könnten.

Viele bezeichnen uns deshalb auch als Dracula oder Vampir. Was für ein Blödsinn oder mutieren wir zu afrikanischen Flughunden? Haben wir uns besonders lange Eckzähne wachsen lassen? Besteht unser Schlafzimmer aus einem Sarkophag mit einer Matratzenbespannung aus weißer glänzender Viskose? Flüchten wir vor knoblauchartigen Mundgeruch? Nein! …Naja, manchmal vielleicht schon.

Nun gut auch wir sind meistens nachts unterwegs. Warum? Weil unsere Augen perfekt an die Dunkelheit angepasst sind. Sie sind tausendmal empfindlicher, als die der Menschen. Schon eine Lichtquelle in einigen hundert Meter Entfernung, konnte uns blenden.

Mit unseren äußerst sensiblen kleinen Härchen an unseren Fühlern, können wir kilometerweit Geruchsinformationen aufnehmen. Alle Verhaltensweisen, die wir zum Überleben brauchen wie Ernährung oder Paarungsverhalten sind von unserem feinfühligen Geruchssinn abhängig.

Auch Luftbewegungen und Körperdüfte können wir wahrnehmen, die uns ziemlich genaue Informationen liefern, wie groß und wie weit es entfernt ist.

Ansonsten ernähren wir uns genauso wie unsere Männchen vom Nektar und anderen zuckerhaltigen Pflanzen- oder Fruchtsäften.

Viele werfen alle Mückenarten in einen Topf und bezeichnen uns als lästige Blutsauger, die den ohnehin schon viel gestressten Menschen das Leben noch ein bisschen schwerer machen. Angebrachter wäre es zu differenzieren und uns als Stechmücke zu bezeichnen, denn es gibt auch welche die nicht stechen, wie zum Beispiel die Zuckmücke. Ihr Mundwerkzeug ist zum Stechen und Blutsaugen nicht geeignet. Man nennt sie auch Tanzmücken oder Schwarmmücken.

Sie versammeln sich zu Gruppen über Seen und Teichen und fliegen unkontrolliert im Zick Zack hin und her, als wenn sie ein geometrisches Muster in der Luft zeichnen würden. Bzzzzz, bzzzzz, bzzzzz, bzzzzz. Auch sie führen einen Paarungstanz mit rückartigen Richtungs- und Kurzänderungen, unruhigen hin und her Bewegungen aus. Es ist die Aufführung eines charakteristischen Tanzes, um einer männliche Mücke die Paarungsbereitschaft zu gestehen. Nach der Paarung sinken die Weibchen erschöpft ab, bewegen sich dann zur Seeoberfläche und legen ihre Eier auf dem Wasser ab.

Im Gegensatz zu uns Mücken, sind aber Stubenfliegen viel lästiger. Sie reden nicht viel, nur in ihrer Angriffslust hört man immer wieder das sssssshhhhhhh, sssssshhhhhhh von ihnen, was viel heißt wie: Fliegen wir nach Hause oder nehmen wir uns einen Menschen. Meistens stehen sie, nachdem sie im Kot gebadet haben, am Straßenrand und warten auf eine

Mitfahrgelegenheit, um dann zwischen den Zähnen von Motorradfahrern zu landen.

Auch lieben sie den angenehmen Geruch des Methangases, dass aus Stickstoff, Sauerstoff, Kohlendioxid, Wasserstoff und Methan besteht und regelmäßig durch das Rülpsen einer Kuh ausgestoßen wird. Sie fliegen dann um die Mäuler der Wiederkäuer herum, um das extrem geruchsintensive Odeur ausgeprägter zu wittern. Bei uns würde so ein Gestank nur zur Bewusst- und Willenslosigkeit führen.

Außerdem haben sie die Fähigkeit vom Boden abzuheben, in der Luft zu schweben und ständig den Menschen vor der Nase herum zu fliegen. Das tun sie, weil auch sie sich vom Schweiß angezogen fühlen und da der Mensch für sie unglaublich attraktiv riecht, versuchen sie immer wieder auf der Haut zu landen. Sie haben genau wie wir hochempfindliche Sinnesorgane, die Körper- und Schweißgerüche wahrnehmen können. Sie können auch bei Menschen, die sich regelmäßig duschen und sehr auf ihr Hygiene achten, von den Körperdüften angezogen werden.

Ebenso liebt die vor-dem-Gesicht-herumflieg-Fliege es, beim gemeinsamen Frühstück mit der Menschenfamilie dabei zu sein und ihre Mahlzeit direkt auf dem Marmeladenbrot sitzend einzunehmen.

Dann gibt es noch die goldgrün bis blau glänzenden, recht nett anzusehenden Schmeißfliegen, die sich besonders auf Festivals einen Spaß daraus machen dem eiligen Klogänger zuvorzukommen, indem sie dem Bedürfnisgeplagten hinterher fliegen und sich gemeinsam mit ihm die Toilettenbrille teilen.

Ihre Eier legen sie auf faulen Stoffen und Stinkmorcheln ab, sowie auf offenen Wunden oder gar in den Resten des Nassfutters von Hasso oder der Miezekatze.

Wenn ich das im Vergleich sehe, dann sind wir Stechmücken doch relativ wenig belästigend. Wir attackieren keinen Menschen am helllichten Tag, nehmen Rücksicht auf den wohlverdienten Feierabend und warten solange an der Wand, bis sich alles im Zimmer beruhigt hat. Meistens warten wir sogar solange, bis alle Schlafen, bevor wir uns bemerkbar machen.

Eine ältere Freundin von mir hatte immer gesagt, pass auf die Menschen auf. Sie versuchen mit allen Tricks uns Mücken zu verscheuchen. Mit Knoblauchkonsum haben sie es versucht, doch die scharfen Knollen hatten keinen Eindruck auf uns gemacht.

Dann hat man es mit Rauch versucht, auf offenem Feuer gekocht. Doch das Verbrennen von Holz konnte keinen überzeugenden Beweis für ein Vertreiben bringen. Selbst ein Lagerfeuer taugte nicht zur Abwehr und Zigarettenrauch erst Recht nicht.

Mit Licht hatte man es versucht. Hallo, wir sind doch keine Motten die vom Licht angezogen werden. Wir riechen die Ausatmung und an wen wir uns laben, hängt ganz alleine davon ab, wie der Mensch duftet.

Naja und sich hinter möglichst großen und schwitzenden Männern zu verstecken, dass kann schon funktionieren, da große kräftige Männer die Körperwärme besser speichern können und das dessen Schweiß uns schon eher antörnt. Abgesehen von dem moralischen Zweifel, einen anderen Menschen als Mückenfalle zu benutzen.

Mit natürlichen Ölen, wie das aus Zitronengras gewonnene Citronella-Öl, hatte man es versucht, doch die Wirkung verflog bereits nach kurzer Zeit wieder. Für die Nacht war diese Methode nicht geeignet und ganz so sanft wie oft angenommen sind Öle auch nicht.

Moskitonetze, die mechanische Gewalt uns Mücken von den Menschen fernzuhalten. Dabei benötigen wir doch das Protein aus dem menschlichen Blut um nach der Befruchtung Eier zu bilden und abzulegen. Ohne das Protein können wir uns nicht fortpflanzen.

Obwohl wir ein nervendes Insekt sind und es den Menschen zu nächtlicher Stunde nicht leicht machen, spielt unsere Anwesenheit für das Ökosystem eine sehr wichtige Rolle. Wir und unsere Larven sind nämlich wichtige Beute für andere Tiere, wie zum Beispiel für Spinnen, Fische, Frosche, Libellen und Vögel. Sie sind auf unser Vorkommen angewiesen und da wir mit einem unheilbaren nicht-nein-sagen-Syndrom leben, legen wir schon mal ein paar Eier mehr ab, damit andere Tiere nicht verhungern.

Es ist gar nicht so einfach an einer Baldachinförmigen Pyramide einen Schlupfwinkel zu finden, die uns Einlass zu unserer Blutmahlzeit gewährt. Meistens müssen wir vorher aufgeben und uns einen anderen Botmäßigen suchen.

Am schlimmsten ist die Chemiekeule, wenn sich Menschen mit chemischen Pestiziden einsprühen und uns der bestialische Gestank von dutzenden Käsefüßen, die monatelang in alten Socken in der prallenden Sonne lagen, in die Nase steigt. Ein Moment wo man schnellstens mit großen Stilaugen verschwindet, bevor die Nase freiwillig aus dem Gesicht fällt oder wo man sich freiwillig den Tod wünscht.

Aber im Großen und Ganzen sind uns die Menschen unterlegen und das ist auch gut so, denn wenn wir aus dem Ökosystem verschwinden würden, so hätte dies für eine Vielzahl von anderen Tieren gravierende Folgen.

Ich kann mich noch gut daran erinnern, wie ich auf die Welt kam und mich den Gefahren dieser Menschheit aussetzte.

## 2. Als ich das Licht der Welt erblickte

Ich wurde als Ei in einem sumpfigen biotischen Tümpel abgelegt. Zusammen mit zahlreichen anderen Eiern wurden wir als sogenanntes Eischiffchen zusammengeklebt und schwammen unter der Wasseroberfläche. Luftblasen zwischen den Eiern sorgen dafür, dass das Eischiffchen nicht unterging.

Nachdem ich nach fünf Tagen aus dem Ei geschlüpft war, lebte ich zunächst als Larve im Wasser weiter. Als atmosphärischer Luftatmender hatte ich eine Art Atemrohr am Ende, welches an der Wasseroberfläche hing. Es sah aus wie das Periskop eines U-Bootes auf Sehrohtiefe, dass die Umgebung im Nahbereich optisch überprüfte.

Mit diesem Atemrohr konnte ich mir Luft zuführen und mich gleichzeitig von Kleinstlebewesen und Algen ernähren, die an mir vorbei schwammen. Ich hatte nichts anderes zu tun, als den ganzen Tag zu fressen und deshalb brauchen wir das Wasser, denn nur hier können wir leben und uns ernähren.

Bei Gefahr durch die Oberfläche floh ich mit zuckenden und schlängelnden Bewegungen tief runter ins Wasser, doch musste ich dort wiederum aufpassen, nicht als beliebtes Fischfutter von anderen Kiefermäulern bemerkt zu werden.

Nachdem ich genügend gefressen hatte, lebte ich in einem Puppenstadium weiter. In dieser Verpuppung fand ein vollständiger körperlicher Umbau statt, der Metamorphose, in der ich mich völlig bewegungslos, wie eine Mumie in einem Sarkophag, befand.

Etwa nach drei Wochen war ich voll ausgebildet und die körperliche Anstrengung kam, mich der Umhüllung zu entledigen. Langsam näherte ich mich der Krönung, erklomm das Höchstmaß, die Bestimmung, doch je länger der Weg aus der Verpuppung war, je mehr Anstrengung ich benötigte, desto berauschender war der Berg des Triumphes.

Der Pulsschlag wurde schneller, der Blutdruck stieg, die Angespanntheit verstärkte sich und ich entschwand in einem Begeisterungstaumel. Ich kämpfe mit dem Ausstieg, mit den enormen Anstrengungen. Ich war auf mich allein gestellt, wollte immer schneller heraus, immer weiter voran, bis mich die Kräfte verließen. Doch dann, mit allerletzter Kraft nahte dann der Erfolg, der Triumph, der Sieg über das Resultat eines Kraftaktes: die Befreiung aus der puppenartigen Mumifizierung.

Es war der 17. Juli, siebzehn Uhr sieben, als ich mit einem Gewicht von 2,2 Milligramm und einer Größe von 15 Millimeter als ausgewachsenes, fortpflanzungsfähiges Mückenweibchen das Licht der Welt erblickte.

Ermattet stand ich da, war so leicht, dass ich auf dem Wasser stehen könnte, ließ meine endgültige Form noch ein wenig aushärten und sammelte zugleich neue Kräfte.

Ruhe war angesagt, völlige Ruhe. Ich wollte nur noch gammeln, nur noch chillen, einfach mal nichts tun, nur philanthropisch vor mir hin grinsen, an dem Duft des Erfolges schnuppern und strategisch über mein neues Leben nachdenken, um nicht in der Masse der Erfolglosen zu verschwinden.

Die Sonne neigte sich langsam dem Horizont zu und nur noch vereinzelnde Strahlen umschmeichelten mich. Wie ein glühender Feuerball, überschritt die Sonne die Grenzlinie zwischen Himmel und Erde und glänzende flammende Gewalten bewegten sich am Horizont empor, wie ein Gemisch aus feurigem Magma, dass in die Luft gepumpt wurde. Eine tiefe und faszinierende Magie zog mich in den Bann und der gerötete Himmel intensivierte sich.

Dann verschwand die Sonne und mit ihr die Skyline des abendlichen roten Himmels. Langsam wurde es dunkler und die graue Tatsache einer farbenfrohen Welt erwachte.

Es war Zeit an meinen ersten Flugversuch zu denken, an die ultimative Freiheit, den Wind im Gesicht zu spüren und den Wagemut zu besitzen, unbeschwert durch die Lüfte zu schweben. Ich schaute nach oben, sah noch einige Vögel wie sie sich mit Flatterbewegungen fortbewegten. Einige von ihnen standen mühelos wie festgeklebt am Himmel.

»Wie zum Teufel schaffen die es, nicht herunterzufallen,« sprach ich zu mir. Dabei schaute ich mich um, sah die Wasseroberfläche auf der ich stand und die angrenzende natürliche Landschaft. Wieder sprach ich zu mir:

»Wenn ich mit gespreizten Flügeln von einem Ast in die Tiefe stürze, wie lange wird es wohl dauern, bis ich am Boden ankomme?«

Es war mir alles nicht so ganz geheuer und dachte dabei an die zwei zu überwindenden Gesetze. Zum einen die Schwerkraft, den Körper entgegen der Erdanziehung in die Luft zu bringen und zum anderen den Luftwiderstand, ihn zu bezwingen um vorwärts zu kommen.

Um Fliegen zu können braucht man einen leichten stabilen Körper, beschuppte Flügel, kräftige und ausdauernde Muskeln und man muss die richtige Technik beherrschen. Körper, Flügel, Kraft und Ausdauer hätte ich schon, nur mit der Technik bin ich mir noch nicht ganz sicher.

So verließ ich die Wasseroberfläche, stellte mich auf das Blatt eines Busches in Positur, spreizte meine Flügel und fing an mit auf- und abschlagenden Flügelbewegungen mich in die Lüfte zu erheben. Es sah recht unbeholfen aus, wie ich immer wieder aus dem Stand hoch sprang, doch wusste ich, dass ich ohne das anstrengende Schlagen meiner Flügel nicht in die Luft kommen würde.

Immer schneller bewegte ich sie, rotierte mit ihnen wie Paddel und dann plötzlich passierte es. Ich erhob mich vom Blatt und schwebte in der Luft. Starr streckte ich meine Beine nach hinten, schlug fieberhaft mit den Flügeln und kam immer höher. Unbändige Freude und ausgelassene Begeisterung stiegen in mir auf und ich fing an mit dem Kopf zu schwingen und schrie vor Glück:

»Ich kann fliegen, ich kann fliegen.«

Dann aber verließen mich die Kräfte und mit gespreizten Flügeln schwebte ich wie ein

Gleitflugschirm wieder hinunter. Glücklicherweise landete ich wieder auf einem Blatt, denn im Wasser wäre ich ein gefundenes Fressen für Fische, Frösche und andere Teichbewohner geworden.

»Puh,« sprach ich zu mir, »das war aber anstrengend.«

Zwei andere Mücken, die bereits schon vor Monaten geschlüpft waren, beobachteten mich und kamen heran geflogen. Im Schwebeflug bewegten sie sich über mich.

»Hallo,« sagte die eine. »Du bist wohl neu hier.«

»Ja, habe eben gerade mein zweites Leben begonnen, mich aus der Verpuppung gezwängt. Ich kam mir vor als wenn ich in einem Sargo…, Sarkoph…, Sarkof…, Sarkofakt…, naja in so einer Steintruhe eingepfercht war.«

»Das kennen wir,« meinte die eine.

»Ja und eben hatte ich meinen ersten Flugversuch gehabt, der wohl nicht gerade optimal aussah, oder? Zumindest bin ich jetzt erstmal geschafft und muss mich ein wenig ausruhen?«

»Das ist normal,« tröstete mich die andere. »Du hast gerade die Metamorphose hinter dir, wo viele deiner Organe neu angelegt wurden. Jetzt wo du geschlüpft bist, erlangen diese Organe noch ihre endgültige Form und das schwächt dich ein bisschen.«

»Meinst du, dass ich bald fit bin.«

»Na klar, schau uns an. Wir haben das gleiche durchgemacht und sehen wir entkräftet, erschöpft, matt oder müde aus?«

»Nein eigentlich nicht.«

»Siehst du,« sagte die eine und kam langsam herunter geflogen, setzte vorsichtig auf dem Blatt auf und sprach weiter:

»Ich heiße übrigens Mona Moskito und das ist Alma Schnake.«

»Hallo,« rief Alma Schnake.

»Hallo,« erwiderte ich. »Ich heiße Silvana…, Silvana Vampinella…, Silvana Vampinella von Dräculea.« Ein bisschen Snobismus und Nobilität kann nicht schaden, dachte ich mir, um eine gewisse Selbstherrschaft anzudeuten.

»Wir sind gerade auf dem Weg zu Em-Ci Schmeckt-toll um ein wenig Nektar zu uns zu nehmen,« deutete Mona Moskito an. »Eine Wiese mit vielen Blumen voller Honigseim und Bäume mit zuckersüßem Obst. Komm doch mit?«

»Ja wenn mein Bauch knurrt und ich nicht die Kraft habe zurück zu knurren, dann sollte ich wohl schon ein wenig Nahrung zu mir nehmen. Aber dazu muss ich erstmal das Fliegen richtig lernen.«

»Das ist gar nicht so schwer wie du denkst. Du musst mit ausgebreiteten Flügeln im Aufwind aufsteigen und wenn du oben bist flieg weiter ohne mit den Flügeln zu schlagen. Zwischendurch gibst du dann wieder kräftig Flügelschlag und lässt dich dann wieder schweben. So ersparst du dir eine ganze Menge Energie.«

»Woher weißt du das,« fragte ich.

»Das habe ich den Vögel abgekuckt, als ich am Anfang genauso davor stand wie du. Heute habe ich meine eigene Technik entwickelt und die funktioniert ganz gut.«

Ich stellte mich in Startposition und achtete darauf, dass der Wind von hinten kam.

Langsam fing ich an mit meinen Flügeln zu schlagen, wurde immer schneller, wirbelte wie ein Helikopter und dann, ja und dann in geringer Dichte der Luft gehüllt startete ich zu meinem aerodynamischen Höllenflug. Ich schlug mit den Flügeln, ließ mich schweben, schlug wieder und schwebte, schlug und schwebte, schlug und schwebte. Es funktionierte, ich konnte mich doch tatsächlich in der Luft halten.

Mit einer atemberaubenden Geschwindigkeit von etwa 1,5 Kilometer pro Stunde flogen wir in einer geometrischen Formation. Es war berauschend die Schönheit und Struktur der Landschaft aus der Insektenperspektive zu sehen, wie Keimlinge in feuchter Erde zu Pflanzen heran gewachsen waren und wie Tiere am Boden durch das Dickicht krochen.

Manchmal musste ich etwas langsamer fliegen, um nicht durch das Zurückschnellen eines Blattes oder eines Astes aus meiner Flugbahn geschleudert zu werden, wenn dicht bewachsene Bäume zu nahe beieinander standen oder wenn wir uns im Steigflug über eine Umzäunung schlängelten, die sich plötzlich und unerwartet vor uns erhob Es ist ein unvergleichbares Erlebnis, sich zwischen der Vegetation zu bewegen. Eine Herausforderung, eine Qualität und auch eine Möglichkeit, die ich bisher noch nicht kannte.

Dann sah ich von weiten im Dämmerlicht, die bunte Wildblumenwiese mit Klatschmohn, Kornblumen, Wiesenmargerite, Hornklee, Hahnenfuß, Klee, Storchschnabel, Flockenblumen,

Frauenmantel, Sumpfampfer und in der Mitte ringsherum Apfel- und Birnenbäume.

Es war ein optischer Genuss der Verzückung, was ich da sah. Mir lief das Wasser im Munde zusammen und mein Empfinden nach einer sanften Massage meines kulinarischen Gaumens wurde angeregt. Hastig labte ich mich an dem süßen Nektar der Pflanzen. Es war ein Bankett, das die Mahlzeit zu einem Fest gestalten ließ.

Gesättigt flog ich die beiden hinterher, doch Alma Schnake stoppte mich, landete auf den Ast eines Baumes und sprach:

»Du kannst heute nicht mitkommen. Da wo wir hinfliegen, da bist du noch zu jung für.«

Ich war ein wenig traurig, dachte es wären meine Freundinnen mit denen ich ein ganzes Leben lang zusammen bleiben könnte. Doch dann sprach Mona Moskito:

»Aber morgen, da nehmen wir dich mit zu einer Veranstaltung, zu einem Fest.«

Schlagartig ging meine verzweifelte Stimmung vorüber und ich erfreute mich. Eine Veranstaltung, ein Fest, was das wohl sein wird. Ich sah den beiden noch lange nach, saß auf dem Ast und blickte in die inzwischen eingetretene Dunkelheit. Ich flog nochmal zur Wiese zurück, schnupperte an dem Duft einzelner Blumen und erfreute mich daran, so nette Artgenossen kennengelernt zu haben.

Ich fing an das fliegen zu trainieren, wollte besser sein als die anderen, cooler, schlauer, stärker, souveräner, wollte sie alle übertreffen, auch Alma Schnake die ihre Flugfähigkeit von den Vögeln abgeguckt hatte.

»Wer Talente besitzt ist automatisch besser oder leistungsfähiger,« sprach ich zu mir. »Menschen tun das auch. Sie versuchen aus ihren Waschbärbauch einen Waschbrettbauch zu machen, versuchen mit ihrer Zitronenhaut umzugehen. Oder war es die Ananasrinde, Pampelmusenkruste, Mandarinenschale?«

Die ganze Nacht übte ich das Fliegen, eine fixe Idee vom Perfektionismus. Ich übte den Gleitflug, den Schwebeflug, den Segelflug und nicht zuletzt den Angriffsflug. Ich nahm eine Blume in Visier, formte meine Augen zu schlitzen, ließ meinen einzigartigen, unverkennbaren, hemmungslosen, brutalen und beeindruckenden Killerblick hervortreten und stürzte mich mit der schwindelerregenden Geschwindigkeit einer Wanderschnecke auf die essentiellen Nahrungsstoffe des Blütenstandes.

Danach flog ich zurück zu dem Ort, wo ich einst mal das Leben geschenkt bekam. Auf dem Weg dorthin hörte ich eigenartige Geräusche, die ich nicht definieren konnte.

»Trrrrr, rätscht, knrrrrr, quo-o-o-a-a-ak, trrrrr, rätscht, knrrrrr, qou-o-o-a-a-ak,« machte es.

Es muss die Neugier sein, der ultimative Kick der Freizeitgestaltung, zu sehen was es mit dem Geräusch auf sich hatte. Der Reiz des Verlangens, sein Wissen zu erweitern. So flog ich eine Schleife und kam von einer anderen Seite an den Tümpel heran, der nahe an einem Wald mündete.

Ich setzte mich auf das Blatt eines Astes und beobachtete eines dieser quakenden Geschöpfe. Es sind Frösche aus der Gruppe der Amphibien. Sie führen ein relativ unauffälliges Leben, sind nachts aktiv und verbringen die hellen Stunden des Tages in einem Versteck. Das hat einen praktischen Grund, denn die ungeschützte Haut darf nicht austrocknen und zum anderen können sie den nahrungssuchenden Feinden besser entkommen.

Einer saß auf einen Stein und lauerte. Wie versteinert starrte er vor sich hin, als wenn er etwas beobachten würde; als wenn er ein wachsames, scharfes Auge auf etwas richtete. Ich suchte und dann sah ich es. Ein

Wesen meiner Gattung hatte sich in seiner Nähe niedergelassen und erfrischte sich an einem Tropfen Wasser. Wartend auf die richtige Gelegenheit saß er bewegungslos da und visierte das Insekt an.

Dann schlagartig wie ein Pfeil schoss seine Zunge aus dem Maul und griff nach der Mücke. Wie ein Cowboy, der sein Lasso zum Einfangen der Rinder wirft, so schnellte die Zunge des Frosches heraus und erreichte das Fünffache seiner Körperlänge. Chancenlos wanderte die Mücke mit der Zunge zurück ins Maul und wurde in einem Stück verschluckt.

Ich war dermaßen erschrocken, dass ich fast vom Blatt fiel. Was für eine Brutalität. Was für ein Wesen, welches konsequent dazu bereit ist, ahnungslose Insekten erbarmungslos niederzumetzeln. Was für eine Abartig- und Grausamkeit.

»Auf wehrlose Insekten kannst du dich vergreifen,« schrie ich erbost hinunter.

Der Frosch schaute zu mir rüber und fing an seine Schallblase aufzupumpen, um durch die anschließende Lautäußerung auf seine Reviermarkierung aufmerksam zu machen.

»Trrrrr, rätscht, knrrrrr, quo-o-o-a-a-ak, trrrrr, rätscht, knrrrrr, qou-o-o-a-a-ak.«

Ein weiterer Frosch fing an zu meckern:

»Qou-o-o-o-a-a-a-k, qou-o-o-o-a-a-a-k.«

»Halt die Klappe,« rief ich. »Du bist nicht besser.«

Ich war zornig, zornig darüber wie schnell doch ein Leben ausgehaucht werden kann. Doch dann auf einmal fingen zig Frösche an ihre Schallblasen, die wie Tischtennisbälle aussehen, aufzublasen und ein amphibisches Open Air Konzert anstimmten. Es war als wenn ferne Glocken aus der Tiefe dieses biotischen Gewässers läuteten und die in der ganzen Umgebung befindliche Amphibienschar zu einem Balzgesang aufrief.

Die Zeit drängte nach einem geeigneten Schlafplatz zu suchen, so erhob ich mich vom Blatt und flog fort. Noch lange hörte ich den Gesang der wild durcheinander quakenden Frösche, mit ihrem riesigen spitz zulaufenden Maul, den verhältnismäßig großen seitlich am Kopf befindlichen schwarzen Augen und der extrem langen Zunge.

## 3. Überall drohten Gefahren

Ich flog an einer gepflasterten Stellfläche vorbei, wo viele Fahrzeuge ganz alleine herumstanden. Wieder packte mich die Neugier, um was für hochkomplizierte technische Lebewesen es sich handelte, welche aus Kraftstoff, Schmierstoff und Kühlmittel eine ideale Schönheit bilden sollen und damit die Männerwelt bezirzt.

Vorsichtig umflog ich diese mit genetisch mutierten Pferden versehenen, von Benzin ernährenden und Kilometern fressenden Vehikel, landete dann leicht Bange auf der Windschutzscheibe und schaute mich behutsam um. Es passierte gar nichts. Diese Riesendinger sind starr, unbeweglich, rühren sich nicht mal von der Stelle.

»Eigenartige Wesen,« sprach ich zu mir.

Plötzlich vernahm ich Stimmen, Stimmen die immer näher kamen wie das Crescendo eines immer lauter werdenden Orchesters. Es waren zwei Männer, die auf das Fahrzeug zukamen. Kurz vorm Erreichen teilten sie sich, wobei einer rechts und der andere links am Auto entlang ging. Eine bedrohliche Situation, die in mir ein schockartiges eintretendes Entsetzen auslöste und mich wie eine Litfaßsäule erstarren ließ.

Die Wagentüren wurden geöffnet und die beiden Männer stiegen ein. Bewegungslos stand ich da, haftete mich mit den Saugnäpfen meiner Füße an der Scheibe fest und schaute den beiden direkt in die Augen. Es waren grimmige Burschen. Während die meisten Menschen sich nach äußerlichen Gesichtsmerkmalen unterscheiden, die eine Attraktivität hervorrufen, gibt es bestimmte Personen, die sich der Hässlichkeit verschrieben haben. So konnte man den einen als ein mutiges Experiment der Natur bezeichnen, unterdessen der anderen als Komiker in die Annalen eingehen könnte.

Der Motor fing an zu schnurren. Langsam fuhr das Fahrzeug rückwärts aus der Parklücke heraus, stoppte kurz und verließ dann vorwärtsfahrend den Parkplatz.

Auf der Straße wurde die Geschwindigkeit erhöht. Krampfhaft hielt ich mich an der Scheibe fest, stand schräg da und ließ den Gegenwind an mir vorbei strömen. Es wurde immer heftiger, je schneller sich das Fahrzeug bewegte.

Langsam drehte ich mich in Fahrtrichtung, senkte den Kopf, nahm damit eine aerodynamische günstige Körperhaltung ein und ließ die Windströmung über mich hinweg gleiten.

Um der Windkraft standzuhalten, stemmte ich zuerst vier Füße nach vorne und zwei nach hinten, dann verlagerte ich meinen Widerstand zog zwei nach vorne und vier nach Hinten. Mit Ach und Krach versuchte ich mich festzuhalten um nicht wegepustet zu werden. Es war, als wenn ich im Windkanal vor einem Gebläse mit Überschallgeschwindigkeit stehen würde.

Ein Abenteuer, eine Mutprobe, ein gefährliches Spiel entstand. Links und rechts von mir platschte, knallte und trommelte es. Nach kurzer Zeit wurde die Frontscheibe zu einem Insektenfriedhof. Überall klebten aufgeplatzte Ein- und Zweiflügler in ihrer eigenen Körperflüssigkeit, einige sogar in ihrer Blutlache. Ein verheerender Anblick der Bestialität, der Grausamkeit und Ärgernis in mir hervor rief.

Laut störende Windgeräusche zogen an mir vorbei und ließen den geräuschvollen Motor wie ein winselndes Baby erklingen.

Die Fahrt wurde nach geraumer Zeit langsamer und das Auto hielt plötzlich an. Es war dunkel auf den Straßen, die Fenster der umliegenden Wohnungen waren unbeleuchtet und nur vereinzelte Straßenlaternen sorgten für die Erhellung der Gehwege.

Der Mond ist zu sehen, ein pockennarbiges Gestein das immer nur bei Dunkelheit leuchtet und der Sonne hinterher rennt. Manchmal überholt er sie auch. Daneben viele Sterne, die aussehen wie manche Zähne, gelb und weit auseinander.

Ich blickte zu den Männern hin, sah wie sie sich eine Maske über den Kopf zogen mit drei Löchern zum Sehen und zum Atmen.

»Eine eigenartige Verkleidung,« flüsterte ich mir zu. »Dabei ist es doch gar nicht so kalt oder gehen die zu einem Maskenball, wo man so richtig Dampf ablassen kann?«

Doch dann hörte ich, wie einer der Männer befehlshaberisch, tonangebend und dominant zu seinem Kollegen sprach:

»Du springst sofort hinter dem Tresen. Direkt unter dem Tresen ist der Alarmknopf für die Bullenalarmierung. Pass auf, dass die Aufsicht nicht in die Nähe von dem Knopf kommt und halte die Besucher alle in Schacht. Ich mach mich ins Büro, da wo schwarz gepokert wird und erleichtere die Jungs um ihre Kohle. Das ganze darf nicht länger als zwei Minuten dauern, dann müssen wir hier wieder weg sein.«

»Das kriegen wir schon alles hin,« antwortete der andere euphorisch. »Heute war Zahltag, da sind bestimmt ein Haufen illegaler Spieler, hübsche leicht bekleidete

Mädchen und eine Menge Kohle auf dem Tisch.«

»Sabbel nicht so viel, lass uns das Ding hinter uns bringen.« Dabei prüfte der eine das Magazin seiner Pistole und steckte sie anschließend in seinen Hosenbund.

Sie stiegen aus und gingen auf ein Laden zu, der durch seine Leuchtreklame daraufhin wies, dass ein weiteres Schaffen die Einnahmen vorantreiben sollte. Es war eine Spielhalle. Ich überlegte zu warten oder wegzufliegen, doch wo soll ich hin und vor allem, wo bin ich hier?

Ich überlegte kurz und kam zu dem Entschluss, dass das Warten vorteilhafter wäre, denn wenn sie wieder zurück fahren würden, wäre ich wieder da, wo ich einst gewesen bin. Schließlich bin ich morgen mit meinen neuen Freundinnen verabredet, die mich zu dieser Veranstaltung mitnehmen wollten und so wartete ich.

Es war schon sehr erschöpfend, mich die ganze Zeit an der Scheibe festzuhalten, während das Fahrzeug mit brausender Geschwindigkeit dahin fuhr. Schließlich war ich auf lebensmüde Sportaktivitäten, wie Windschutzscheiben-Surfen oder Dach-Reling-Reiten, nicht vorbereitet. So ging ich hinunter und verschwand unterhalb der Hinterkante der Motorhaube. Hier war ich geschützt vor dem kühlen Fahrtwind und dem Luftzug, der immer wieder meine Augen zum Tränen brachte.

Plötzlich hörte ich Schüsse und die beiden Männer kamen angerannt. Dann hörte ich ein piep-piep und die Zentralverriegelung des Fahrzeuges öffnete sich. Hektisch wurden die Türen aufgerissen, eingestiegen und abrupt gestartet.

Mit schrillen quietschenden Reifen fuhr das Fahrzeug los ohne die neben uns parkenden Fahrzeuge zu gefährden. Nur eine Mülltonne, die plötzlich aus dem Nichts auftauchte, wurde angefahren worauf sie gegen einen anderen Wagen stürzte. Wieder war die Stimme eines der beiden Männer zu hören:

»Scheiße, scheiße, scheiße,« dröhnte es durch die Karosserie. Dabei bullerte er immer wieder mit der Faust oder dem Fuß gegen den Innenraum des Wagens.

»Ey du blutest ja wie ein Schwein,« sprach der andere.

»Ja scheiße. Wer hat auch schon gedacht, dass der arrogante Affe eine Knarre bei sich trägt und gleich wie ein Irrer um sich ballert. Er hat mich glücklicherweise nicht richtig getroffen, ist nur ein Streifschuss.«

»Nur ein Streifschuss. So wie du blutest ist die Wunde etwas tiefer. Vielleicht sind sogar einige Nerven zerstört worden. Ist besser ich fahr dich erstmal ins Krankenhaus, damit die Wunde medizinisch versorgt wird.«

»Ins Krankenhaus? Bist du bescheuert. Wie willst du denen erklären, dass jemand auf dich geschossen hat. Derartige Verletzungen müssen sofort der Polizei gemeldet werden und dann...? Hast Lust auf Tütenkleben oder was?«

Irgendwie wurde ich nass. Ich schaute aus dem Ende der Motorhaube hervor und sah, wie immer wieder Wasser auf die Frontscheibe gespritzt wurde. Dazu bewegten sich zwei Metallschienen, in denen sich Gummiprofile befanden und das Wasser wieder von der Scheibe schob.

Eine für mich momentan unschlüssige Handlungsweise, erst ein Hüh und dann ein Hott, erst Wasser rauf dann Wasser wieder runter. Eine Unentschlossenheit die den Menschen anerzogen wurde, die auch eine Reihe von Fehlentscheidungen und Selbstzweifel hervorrufen kann. Meist entstehen sie, wenn in der Kindheit auf einem rumgehackt und damit das Selbstwertgefühl drastisch zerstört wurde.

Mein Blick blieb weiter an dem Strahl hängen, der stoßweise immer wieder die Scheibe traf. Doch dann bemerkte ich, dass eine zusätzliche weißschäumende Substanz aus den Spritzdüsen hervortrat und die Scheibe mit den Insektenresten einweichte. Die Wischer sorgten dann für eine klare Durchsicht.

Es erweckte in mir etwas befriedigendes, etwas erfreuendes, nicht auf der Frontscheibe mehr zu sitzen, denn den Wasserstrahl und auch die rasante Bewegung der Wischer hätte ich wohl nicht wirklich überlebt. Ich fühlte mich wie ein Abenteurer, wie ein Glücksritter, als wenn mich ein leichter Hauch von Genialität umwehte.

Kurze Zeit später hielt das Fahrzeug wieder und die beiden Männer stiegen aus. Vorsichtig kam ich aus der Motorhaube hervor, blickte um mich und sah niemanden mehr. Doch eins erkannte ich. Ich war wieder da, wo einst die Neugier mich zu diesem Fahrzeug brachte.

Freudig erhob ich mich, machte mich auf den Weg in Richtung meiner Geburtsstätte, um endlich einen geeigneten Platz zu finden, wo ich mich von den Strapazen des heutigen Tages auszuruhen konnte. Als ich an einer Beleuchtung zu einem Grundstück vorbei kam, sah in im Gegenlicht etwas, was mich sehr erstaunte und auch faszinierte.

In ausreichender Entfernung ließ ich mich nieder und bewunderte dieses Werk der filigranen Kunst, diese schöpferische Verarbeitung, die von kreativen, genialen Eindrücken geprägt war und von mir einen längeren Blick abverlangte.

Es ist ein Spinnennetz, das an einigen Stellen besonders hell glänzt, besonders da, wo die Gartenlampe sich auf den Fäden spiegelte. An einigen Stellen sehen sie sogar aus, als wenn sie farblich reflektiert wurden.

Ich wollte gerade hin fliegen, um diese Phänomen näher zu betrachten, als eine Motte mir zuvor kam und mit einem heftigen Aufprall gegen das Netz prallte. Die elastischen Fäden fingen sie zwar auf, doch sie schienen klebrig zu sein. Die Motte kam nicht mehr los. Durch ihre eigenen Befreiungsversuche verwickelte sie sich immer stärker in die Fäden.

Das Netz vibrierte und eine Spinne kam angerannt, die durch die Bewegung des Netzes alarmiert wurde. Sofort stürzte sie sich auf die Motte, wickelte sie mit weiteren klebrigen Fäden ein und saugte sie dann aus. Eingehüllt wie in einem Kokon aus feinen seidig glänzenden Fäden lag das Insekt nun leblos im Netz.

Wieder erfreute ich mich über das bisschen Glück, dass auf meiner Seite stand.

Wäre ich um Sekunden schneller gewesen als die Motte, ich hätte das Schauspiel am eigenen Leibe miterlebt. Anderseits empfand ich es als ein böses Unterfangen; als eine beklemmende Macht, die über Leben und Tod entschied.

In was für eine Welt bin ich geraten. Gestern noch war ich ungeboren, heute fast mehrmals gestorben. Es bedarf einer gigantischen Leistung das Erlebte in Frage zu stellen und durch neue, eigene und fortschrittliche Werte zu ersetzen. Doch wenn ich Gut und Böse gleichzeitig in mir trage, wann entsteht dann das Wunder des Lebens, die Schönheit der Existenz, des Daseins, des Verharrens, das Überleben?

Als Mücke habe ich eigentlich ein recht kurzes Leben, mal eben drei Monate. Doch manche werden auch schon mal zehn Monate alt, besonders dann, wenn sie erst im Herbst befruchtet wurden. Sie überwintern dann in einem Keller, einer Scheune, einer Höhle oder in einer Felsnische, um dann im Frühjahr ihr Eier abzulegen.

Doch solche Situationen wie heute, könnten mein Leben drastisch verkürzen. Ich muss also höllisch aufpassen, mich nicht versehentlich in ein Netz aus klebrigen Fäden zu verfangen, nicht auf Windschutzscheiben verharren und vom Fahrtwind zerdrück oder gar von der hoch elastischen und rasanten Zunge eines Frosches eingefangen zu werden.

## 4. Die körperliche Vereinigung

Auf einen über den Tümpel hängenden Ast landete ich, suchte mir ein verträumtes Plätzchen und döste so vor mir hin. Schlafen tun wir eigentlich nicht richtig. Wir dösen mehr, das ist so etwas zwischen Halbschlaf und Wachsein. Mit den vorderen und hinteren Beinen halten wir uns fest, krümmen leicht unseren Leib und wenn wir im leichten Wind hin und her pendeln, dann gleichen wir das mit der Bewegung unserer Beine automatisch aus. So können wir auch kleinere Störungen abwehren. Bei stärkeren Unzulänglichkeiten sind wir sofort voll geistesgegenwärtig und können aus dem freien Fall heraus sofort davon fliegen.

Nur bei stürmischem Wetter oder bei verregneten Nächten suchen wir uns einen Unterschlupf in Felsspalten oder in Löchern von Bäumen, die der Haarspecht auf der Suche nach Larven in die Rinde gehackt hat.

Regen macht uns eigentlich nicht viel aus. Eine Kollision mit so einem Tropfen überstehen wir ohne Probleme, auch wenn er dreißig Mal größer ist als wir. Bei Menschen wäre das mit einem Zusammenstoß mit einem Bus vergleichbar. Selbst ein Regenguss, wo alle paar Sekunden ein Regentropfen auf uns niederprallt, wirft uns nicht wirklich aus der Spur.

Doch wenn Nebel auftritt, dann haben wir Probleme mit dem Fliegen. Die winzigen Nebeltröpfchen blockieren nämlich unsere Sensoren, unsere Fühler. Dadurch können wir dann unsere Körperposition im Fluge nicht mehr richtig ermitteln und verlieren so unsere stabile Fluglage. Bei solchem trüben Wetter bleiben wir dann lieber geschützt in einem unserer Verstecke, genau wie die Flugzeuge, die bei starkem Nebel am Boden bleiben.

Am Frühen Nachmittag traf ich die beiden von gestern.

»Hallo du,« sprach die eine.

»Du auch Hallo,« antwortete ich.

»Wie ist dein Tag gestern noch gelaufen,« wollte die andere wissen.

»Och, ich bin tausend Tode gestorben. Zuerst wollte mich ein glitschiges, ekelhaftes, scheußliches Reptil mit muskelgestärkten Oberschenkel und mit einer Lasso ähnlichen Zunge einfangen; dann hatte ich auf einer Windschutzscheibe eines fahrenden Fahrzeuges die Extremsportart des Surfens kennengelernt und zu guter Letzt, da hatte ich Glück im Unglück. Ein Spinnennetz hatte meine

Aufmerksamkeit erregt. Doch als ich hinfliegen wollte, kam mir eine Motte zuvor und verfing sich in den klebrigen Fäden.«

»Die Welt ist schon schlecht, aber noch schlechter ist die Welt für die Menschen.«

»Wieso noch schlechter für die Menschen,« wollte ich wissen.

»Menschen tun sich jeden Tag schlimme Sachen an. Zum Beispiel in einer überfüllten U-Bahn wird ein Mädchen belästigt. Keinem interessiert es. Man kennt das Mädchen ja nicht. In einem Mehrfamilienhaus wird ein Kind geschlagen, in einem anderen Haus eine Frau. Das minderjährige Kind auf dem Spielplatz ist keine Jungfrau mehr und der psychopatische Lover ersticht gerade seine geliebte Ehefrau. Es gibt keinen Tag, wo nicht jemand umgebracht, überfallen oder vergewaltigt wird. Dann die Drogenringe, Machenschaften, Menschenhandel; der Dealer an der Ecke, der die Jugend verführt und ihr Köpfe und Psyche kaputt macht. Flüchtlinge werden in Containern gestopft und verschifft, von denen dann zwei Drittel lebend ankommen. Menschen bauen Windkraftanlagen, weil sie der Meinung sind Strom ist grün. Doch wieviel Zugvögel durch das Rotieren der Rotorblätter sterben, wird verschwiegen.«

»Wow, du kennst dich ja gut aus.«

»Du bist noch nicht direkt in Kontakt mit Menschen gekommen. Sei du erst mal befruchtet und dann auf der Suche nach einer Blutmahlzeit, dann wirst du sehen, wie Menschen mit einer Zeitung nach dir hauen, Bücher nach dir werfen, dich versuchen mit Kissen zu ersticken, mit nassen Lappen zu erschlagen, mit der Fliegenklatsche platt zu machen oder wenn sie sich mit chemischen Mitteln einsprühen damit du dich von ihnen fernhältst.«

»Da führen wir ja ein gefährliches und risikoreiches Leben,« stellte ich fest.

»Es begleitet uns das ganze Leben, vom ersten bis zum letzten Atemzug. Es nimmt uns an die Hand und wird unser treuer Wegbegleiter, den wir bis zum Tod nicht abschütteln können. Doch wir müssen lernen, mit ihm zu leben und wenn wir es erstmal gelernt haben, dann ist das Leben gar nicht so gefährlich.«

»Meinst du?«

»Naja, eigentlich sind wir noch nicht mal geboren und schon ist das Risiko da. Kurz nach der Eiablage kann unser Leben wieder beendet sein. Die Eier werden von fremden Wesen gefressen, trocknen aus oder werden weggespült. Schaffen es die Eier doch, lauern die nächsten Gefahren. Als Larve sind wir ideales Futter für Fische und andere

Fressfeinde. Doch das gefährlichste Ereignis unseres Lebens fängt mit der Geburt an.

Holen wir einmal richtig Luft, so atmen wir die Welt der Risiken ein. Sind wir erstmal ausgewachsen, setzen wir uns anderen Gefahrenquellen aus: Vögel, Spinnen, Reptilien, Amphibien, Fische, Wespen und Menschen. Erst wenn wir älter werden, gehen wir gelassenen mit den Gefahren um, haben mehr Mut, um mit den Unsicherheiten umzugehen.«

Ein Teil der Risiken und der Gefahren haben mich schon auf eine Belastungsprobe gestellt, dachte ich mir. Nun bin ich neugierig, wie mein Leben weiter verlaufen wird.

»Komm lass uns zur Wiese am Waldrand fliegen, da ist heute der Paarungstanz männlicher Mücken angesagt.«

»Wow, eine Party. Eine feierliche Ansammlung gut gelaunter Mücken mit einer unterhaltsamen Show voll von Gesangseinlagen.«

»Quatsch,« sagte die eine Mücke zu mir. »Das ist ein Treffpunkt von männlichen und weiblichen Mücken.«

»Ach ein Blind Date. Ein Stelldichein mit dem Erkennungszeichen Blume zwischen den Zähnen, Zeitung der letzten Woche unterm Flügel, auffälliges Strumpfband am Hinterbein und farblich unpassende Fühler.«

»Sag mal, bist du auf dem Kopf gefallen?«

»Auf meinen Kopf?«

»Natürlich auf deinen Kopf oder hast du irgendwo noch einen?«

»Wie fällt man auf seinen eigenen Kopf drauf?«

»Nicht drauf…, man sag das nur so. Verdammte Scheiße, verarsch mich doch nicht. Das ist ein Treffen um sich Fortzupflanzen, sich Befruchten zu lassen.«

»Eine Single Börse also,« erwiderte ich. »Eine Pärchenschmiede mit gezielt hochseriösen und niveauvollen männlichen Mücken, die jeden Anspruch gerecht werden. Ein Rendezvous, wo die Chancen für eine nette Nacht gewaltig hoch liegen. Oder?«

Beide Mücken schauten mich an und schüttelten mit dem Kopf.

»Oder etwa ein Swinger Club,« fuhr ich weiter fort. »Wo man sich untereinander interagiert und viel Körperflüssigkeit beansprucht; wo man auf unkomplizierter Art eine Schwangerschaft herbeiführen kann; wo sich das Standvermögen nicht alleine auf das Stehen auf eigenen Füßen beschränkt.«

»Nenn es wie du willst. Für uns ist es das Entscheidendste, was wir im Erwachsenenstadium machen, nämlich uns zu paaren. Das ist sozusagen das allerwichtigste in unserem Leben.«

Kurze Zeit später waren wir da und tatsächlich. Unzählige Mücken koordinierten sich und bildeten einen Schwarm, der wie ein Organismus reagierte, als wenn sie sich in der Masse vor einer Gefahr schützen wollten. Es gab keinen Dirigenten, kein Leittier, keinen Führer, kein Alphamännchen. Jeder orientierte sich an den Nachbarn. Durch einfache Regel hielten sie zusammen. Das Geräusch ihrer Flügelschläge zieht die Weibchen an. Es entstand ein chaotischer Wirbel, ein Paarungstanz, in dem die Männchen in der Mitte und die Weibchen außen herum flogen.

Zwischendurch stürzten sich immer wieder männliche Mücken auf die Weibchen, um die Begattung zu vollziehen. Eine Zeremonie, bei dem wilde Rudel durcheinander flogen, wo ein geselliges Beisammensein gefördert wird, wo alle auf einmal, jeder für jeden oder gar sich gegenseitig begehrten. Manche ließen sich auf Bodennähe herab und ließen sich im

Gras beseelen. Eine ausschweifende Sexorgie, die nur Sekunden dauert.

Und immer wieder dieses scheinbar sinnlose auf und niederfliegen, die Verbrüderung in der Luft und dass alles ohne Schürf- und Kratzwunden, ohne Hämatome und blaue Augen, ohne Leistenbrüche und Verstauchungen.

Hier sind sie zu finden, die Traummücken. Die männlichen Mücken, die traumhaft schön sind oder die Männchen, die nur im Traum einer weiblichen Mücke schön sind.

Ich war gerade dabei mich mit dem Elan einer Wühlmaus in dieses Getümmel hineinzustürzen, als eine der Mücken mich zurück hielt und sprach:

»Warte noch ein Moment.«

Etwas verwundert schaute ich mich um. Warum sollte ich warten? Die Party ist voll im Gange. Doch dann sah ich wieder etwas, was mich total schockierte.

Vögel kamen angeflogen, Vögel mit gegabeltem Schwanz. Flatternd und von wiederkehrenden Gleitphasen unterbrochen, kamen sie dem Schwarm immer näher und stürzten sich letztendlich in die Masse der ruhelos umher fliegenden Mücken. Sie waren auf der Jagd und durch ihre immer wieder blitzartige Richtungsänderung erbeuteten sie ein Fluginsekt nach dem anderen.

Von Flatterhaft bis Zickzack, von Senkrechtstarten bis zum Sturzflug beherrschten sie alle Flugeigenschaften. Manchmal sah man sie auch mit angelehnten Flügeln, wenn sie sich wie eine Rakete nach unten stürzen.

Es sind Vögel, die auch pflügenden Traktoren hinterher fliegen, um aufgescheuchte Insekten zu fangen.

Nach einem kurzen Augenblick war das Spektakel vorbei und die Schwalben verzogen sich wieder. Ununterbrochen, als wenn nichts gewesen ist, wurde der Paarungstanz weitergeführt.

Der Flügelschlag der Männchen erzeugte einen artspezifischen Summton, der uns Weibchen anlockt und zusätzlich die Männchen zur Paarung stimuliert. Viele Weibchen wurden ergriffen und noch im Flug begattet.

Auch wir waren bereit, uns der Herausforderung anzunehmen und flogen auf den Schwarm zu. Schnell fand sich ein geeignetes viriles Wesen und schnell fand auch die Befruchtung statt. Es war wie Blümchensex oder Vanillasex kurz, knapp und undramatisch, ohne Aktion, ohne Show, ohne Vorspiel und keine Zigarette danach, kein Sekt davor und auch kein Kuss mittendrin. Es war eine körperliche Vereinigung auf die man sich einließ, die spontan und relativ planlos ohne große Inszenierung stattgefunden hatte.

## 5. Ich fieberte nach Blut

Jetzt, wo ich mir meine Befruchtung sichergestellt hatte, kann ich ganz entspannt anfangen, nach dem menschlichen Lebenssaft zu gelüsten. Hierbei muss ich als blutsaugendes Insekt sehr Erfindungsreich sein, um auf einem Opfer meiner Begierde zu landen. Viele schwirren durch die Lüfte, manche krabbeln zu ihren Opfern und andere wiederum versuchen es mit Weitsprung.

Geleitet von den verlockenden Gerüchen, von dem Duftcocktail der menschlichen Haut, landete ich im Garten einer Familie, die es zu schätzen versteht den Tag gepflegt an der frischen Luft ausklingen zu lassen. Erwartungsvoll lasse ich mich in der Nähe auf den Rasen nieder und beobachtete gespannt ein Insekt meiner Wesensart, das das entspannte Gemüt einer Frau zu stören versucht.

Während die Frau wohl unbefangen in T-Shirt und Hot Pants auf der Liege lag, flog meine Leidensgenossin auf deren Oberschenkel und durchbohrte mit ihrem stechend-saugenden Rüssel die Haut, saugte das Blut in sich hinein, soviel wie sie gerade noch tragen konnte und war gerade dabei abzuheben, als die Frau wach wurde.

Sie muss den Reiz des Stechens wahrgenommen haben, denn in einem Zusammenspiel von Sinnesorganen, Nerven und Muskeln kam es zu einer schematischen Antwort. Mit noch geschlossenen Augen und einem automatischen Reflex, der nur in der jeweiligen Intensität wie Schnelligkeit und Heftigkeit variiert, schlug die Frau ungezügelt mit der flachen Hand auf die Einstichstelle.

Mitten im Flug erfasste sie noch die Mücke, die daraufhin schnellend, laut klatschend, wieder auf dem Oberschenkel landete. Als die Frau die Hand wegnahm, bildete sich ein Anblick des Grauens. Mitten in der Blutlache lagen die Überreste eines Insekts, das sich wie Treibholz darin bewegte. Die Flügel lagen weit auseinander gespreizt, der Korpus flach wie von einer Walze überrollt, nur der Stachel zeigte in die Luft.

Kurz darauf fing die Frau an sich am Oberschenkel zu kratzen und ich sah, wie die Einstichstelle rötete und anschwoll. Eine plateauähnliche Erhebung der Haut entstand, eine allergische Reaktion des menschlichen Körpers.

»Warum haust du dich,« fragte ihr Mann, der vor einer Vorrichtung mit dem Ausmaß eines Baby-Solariums stand, sich vom dem schwefelhaltigen Qualm berieseln ließ und Fleischscheiben zum Schwitzen brachte.

»Mistvieh, Abschaum,« schrie sie.

»Was ist Abschaum,« fragte der Ehemann.

»Ach diese Scheiß Mücken,« fauchte die Frau weiter. »Sobald die mich sehen, fangen die an ihren Rüssel am Schleifstein zu schärfen um mich dann zu durchlöchern.«

»Weißt du Schatzi, Mücken wurden geschaffen, um wegen der Paradiesvertreibungsgeschichte und der ewig maulenden Eva, den Menschen das Leben noch ein bisschen schwieriger zu machen.«

»Ha, ha. Was soll das denn wieder bedeuten.«

»Nichts, ist nur symbolisch gemeint.«

»Diese verfressenen Viecher denken wohl nie an schlafen und von Schichtarbeit halten sie auch nicht viel, Scheiß Mücken.«

»Ach die kleinen Vampire haben es doch auch nicht leicht in ihrem kurzen Leben. Letztens hatte ich einen tollen Witz über die Blutsauger gehört.«

Er wendete schnell noch sein in Bier ertränktes Kotelett, ging auf seine Frau zu, nahm sie in die Arme, fing an zu lächeln und erzählte:

»Da treffen sich zwei Vampire auf dem Friedhof. Sagt der eine: *"Oh ich hab so ein Appetit auf Blut, warte du hier ich komme gleich wieder"*. Daraufhin verschwand er und kam nach geraumer Zeit mit blutverschmiertem Gesicht wieder. Fragt ihn der andere Vampir: *"Boah, sag mal, wie hast du denn das gemacht?"* Der erste Vampir wies mit dem Zeigefinger in die dunkle Nacht hinaus und sagte: *"Siehst du den Baum da vorne?"* Worauf der zweite antwortete: *"Ja!"* folgend der erste erwähnte: *"Siehst du…, ich nicht!"*«

Der Mann fing an über seinen eigenen Witz zu lachen, will damit den Humor unterstreichen, doch die Frau hingegen blieb stumm.

»Dass der Witz gut war weiß ich, aber du musst dir deshalb nicht gleich vor Lachen in die Hose machen,« sprach er darauf zu ihr.

»Und, was erwartest du nun von mir,« entgegnete ihm seine Frau. »Soll ich in Lachsalven ausbrechen, dir im String Tanga meine neuesten Yoga Stellungen vorführen?«

Dabei kratzte sie sich weiter am Bein, worauf die Anschwellung größer und immer rötlicher wurde. Durch das reiben und kratzen verteilt sich der Mückenspeichel unter der Haut und vergrößerst die juckende Stelle.

Ich ließ die beiden alleine, machte mich vom Acker um einen anderen Ort zu finden, wo ich meine Stechlust richtig ausleben kann.

Ein offenes Fenster bot mir Einlass und ich landete in einem dunklen Raum mit Schrank, Kommoden sowie einem großen Bett zum Schlafen. Es war unverkennbar ein Schlafzimmer.

Ein idealer Ort, um meiner Blutmahlzeit entgegen zu fiebern, damit ich Eier bilden kann. Unser Sehorgan ist eigentlich prima ausgeprägt. Wir können ganz gut auf Gefahren achten und können auch Rivalen, Beute und geeignete Plätze für unsere Eiablage wahrnehmen. Wir sehen zwar die Bilder nicht so scharf wie andere Lebewesen, dennoch können wir Bewegungen sehr gut erkennen und entsprechend schnell reagieren. Meistens zumindest.

Vorwiegend aber orientieren wir uns an Gerüchen, sodass es keine Rolle spielt, ob Licht im Zimmer an ist oder nicht. Außerdem lassen wir uns –entgegen mancher Meinungen- nicht vom Licht beeinflussen.

Unser bevorzugtes schwirren um den Kopf herum, hat den Grund, dass dort der ausgeatmete Co2-Gehalt in der Luft am höchsten ist, an den wir uns letztendlich orientieren. Deswegen fühlen sich die Menschen auch immer nachts aus dem Schlaf gerissen, wenn wir mit unserem summenden Geräusch am Kopf vorbei fliegen.

Es sind die Flügelschläge, die diesen hohen Ton erzeugen und diesen Ton nimmt das menschliche Gehör bewusst war, weil er der menschlichen Mundart ähnelt.

Ich flog auf den Schrank und warte ab. In dieser Beziehung sind wir sehr geduldige Insekten, die kräftezerrend an der Wand hängen um dann bei passender Gelegenheit im Sturm ein wahres Ereignis zu erleben. Es ist, als wenn wir vor einem Busch stehen und warten, dass der verstrocknete Ast von selber abfällt.

Irgendwann war es soweit. Ein Ehepaar ging ins Bett, deckte sich zu und schlief ein. Taktisch klug wartete ich noch eine Zeit lang, bis ich mir sicher war, dass beide fest schliefen.

Der Körperduft dieser beiden Menschen stieg mir in die Nase und ich konnte mich nicht entscheiden, von wessen Körper ich das Blut entnehmen sollte. Entscheide ich mich für ihn mit seinen infernalischen Mischgeruch aus Schweiß, schlecht eingesetzten Deo und aufdringlichen Parfüm oder für sie mit ihrem süßlichen Geruch von Zuckerkuchen, besonders wenn sie den Mund öffnete.

Für den maskulinen Körper mit dem charakteristischen würzigen Odeur von siedendem Öl und verbrannten Fleisch, von Oliven und Knoblauch, von Schafskäse und Zwiebeln? Oder doch lieber den verlockenden Duft von Bratapfel mit Zimt und Zucker zu inhalieren, diesen anmutigen, femininen und kühnen Geruch zu kosten, der mich süchtig machen könnte, süchtiger als Erdbeeren mit Schokoladensoße oder Kiwis mit Honig.

Eine Geruchsidentifikation, wo die Nase ihre wahre Größe zeigt, ihre einzige Größe und Bedeutung, die Macht und Weisheit beweisen kann. Selbst die feinsten Geruchsnuancen kann sie wahrnehmen und voneinander unterscheiden. Und das sogar unter schwierigsten Bedingungen.

Wenn man im Orchester der großen mitzuspielen will, reicht ein Triangel nicht aus! Ich muss mich also entscheiden.

In dem Moment strampelte die Frau ihre Bettdecke weg und eine makellos geformte

Sanduhrfigur mit glatter geschmeidiger Haut kam zum Vorschein.

Diese samtweiche Haut, die wunderbaren Rundungen. Ich atmete den wohlriechenden Duft dieses Körpers noch mal tief ein und sofort stand mein Entschluss fest. Nur ein so formvollendeter Körper hat die richtigen Proteine im Blut, die meine Eierevolution vorantreiben könnte.

So spreizte ich meine Flügel und bewegte mich mit einem kräftigen Flügelschlag in Richtung des massiven Kohlendioxidausstoßes. Manche Menschen sind der Meinung, dass wir mit Nachtsichtgeräten oder mit GPS arbeiten. Doch Fehlanzeige, wir riechen die Menschen förmlich.

Ich schaute ihr zunächst zu und lauschte ihrem Atem. Sie atmete die Luft ein, stieß sie wieder aus dem Lungen und nach dem Motto: ich hab noch was vergessen, holte sie die Luft wieder zurück. Dann ein geräuschvoller Knacklaut, wie das Wirrwarr einer unter dem Präfix Pidgin gekennzeichneten afrikanischen Sprache.

Sssssssssss-sirrend umkreise ich den Kopf suchte nach einer Körperstelle, die möglichst wenig Haare hatte, schön warm und gut durchblutet war, ein Oberarm, eine Schulter oder ein Hals.

»Mmmh roch diese Frau gut. Ich flog noch eine Ehrenrunde, um den Geruch nochmals auf mich einwirken zu lassen. Es war, als ob ich erhitzten Franzbrandwein inhalierte.

Doch dann passierte etwas, mit dem ich nicht gerechnet hatte.

## 6. Eine proteinreiche Mahlzeit

Während ich gedanklich mich mit den edelsten Leckereien beschäftigte, welche Jahrhundertelang eine Kostbarkeit nur für Könige darstellte, die von Hand gefertigt wurden, aus erlesenen Rohstoffen bestanden und ein vielfältiges und breites Spektrum an Geschmacksrichtungen von traditionell bis exotisch hervorriefen, schlug sie in ihrer Schlafphase mit der Hand reflexartig um sich.

Fast hätte sie mich getroffen, so tief war ich in Gedanken versunken. Sie hatte die Geräusche meines Flügelschlages gehört, als ich in der Nähe ihres Ohres kreiste. Ich zog mich zurück, wartete an der Decke auf einen geeigneten Augenblick.

Dann sah ich, wie sie sich entspannte, wie ihr Schlaf von schnellen Augenbewegungen begleitet wurde. Sie fing an zu träumen, fing an Situationen zu er- und auch zu durchleben.

Einen Augenblick verweilte ich noch, dann stürzte ich mich auf das Schulterblatt und führte meinen Stacheln tief in diese zarte Haut hinein. Gleich mit dem ersten Stich traf ich eine Goldader und ich musste mich beeilen, denn lange wird mein Opfer nicht bewegungslos daliegen. Ich hätte sie vollständig aussaugen können, bis von ihr nur noch die Hülle übrig bliebe, so ein Genuss empfang ich.

Glück überschwemmte mich, dass ich es fast gar nicht bemerkte, wie die Frau wach wurde. Sofort flog ich los, vernahm noch den Windstoß einer schlagenden Hand, die mich nur knapp verfehlte. Ich hatte schon einiges an Blut gezapft und merkte nun wie schwer es ist, sich mit Übergewicht in der Luft zu halten. Ich musste meinen Flügelschlag erhöhen, was natürlich dazu führte, dass der artspezifische Summton lauter wurde als sonst. In ihrer Nachtruhe gestört, hörte ich sie sagen:

»Oh nein, hier ist eine Mücke im Zimmer.«

Der Mann wälzte sich schwerfällig um und fragte mit geschlossenen Augen:

»Hm…? Was ist los?«

Die Frau riss sich die Bettdecke bis zum Hals hoch und nur ihre Augen blinzelten hervor. Dann sprach sie:

»Hier ist irgendwo eine Mücke.«

Sie bekam keine Antwort, stieß mit den Ellenbogen ihren Mann an und raunte:

»Sag mal, hast du nicht zugehört, hier ist irgendwo eine Mücke.«

Währendes tastete sie fast geräuschlos zur Nachttischlampe, berührte das Metallteil der Touch-Lampe und der Raum erhellte wie ein riesiger Feuerball. Geblendet von dem Schein der Lampe, die eine unfassbare große Menge an Helligkeit auf die Augen drückte, kniff der Mann die Augen zu und sprach:

»Was ist los?«

»Diese Scheiß Mücken. Da hat mich doch wieder eine gestochen. Ich frage mich wie die in völliger Dunkelheit es immer wieder schaffen auf ein Blutgefäß zu laden und dann gnadenlos zustechen.«

Dabei fing sie an mit etlichen Verrenkungen sich am Schulterblatt zu kratzen, da zwischenzeitlich der Juckreiz eingetreten ist.

»Gääääähn,« stöhnte der Mann demonstrativ. »Mücken können zwar sehen, doch ist ihr Sehorgan eigentlich verhältnismäßig schlecht ausgeprägt, nicht wie bei anderen Lebewesen dessen Sehkraft optimal an die Dunkelheit angepasst wurde. Sie benutzen in erster Linie ihren gut ausgebildeten Geruchssinn, orientieren sich nach deiner Atemfahne.«

»Das weiß ich auch, aber mache ich das Licht an um sie platt zu machen, sind sie weg…, also können sie doch gut sehen!«

»Eine instinktive Reaktion. Du zuckst ja auch weg, wenn man dich hauen will.«

Sie war immer noch am Kratzen, tastete dann mit den Fingerkuppen über ihr Schulterblatt und spürte eine leichte Erhebung.

»Kann ich die Mücke wegen sexuellen Missbrauch verklagen,« fragte die Frau nach gewisser Zeit.

»Bestimmt nicht oder kannst du ein Phantombild erstellen,« erkundigte sich der Mann und riss seinen Mund so weit auf, als wenn er die ganze Welt verschlucken wollte. Dabei machte er ein komisches verkrüppeltes Geräusch, das sich fast wie rülpsen anhörte.

»Gääääähn,« fuhr er dann weiter fort, »ein Freund von mir, gääääähn, hatte mal außerhalb in einem Hotel übernachten müssen und wurde in der Nacht fünfmal in den gleichen Finger gestochen. Der Finger sah aus, als zeigte er in alle Richtungen. Die darauf angebrachte Beschwerde hatte ihm allerdings nichts genützt.«

»Fünfmal in den gleichen Finger? Vielleicht waren es auch Flöhe und keine Mücken.«

»Kann auch sein, keine Ahnung.«

»Vielleicht sollte ich sie wegen Körperverletzung anzeigen.«

»Das kannst du ja versuchen. Das Strafverfahren wird vor einem, gääääähn, Mückengericht ausgetragen, mit weiblichen Mücken als Richter, Beisitzer und Zuschauer, so an die hundert Tiere. Dabei wird die Tat mehrfach nachgestellt, um ein gerechtfertigtes Urteil zu fällen.«

»Den Tathergang rekonstruieren die Mücken schon seit einigen Tagen bei mir.«

»Dann musst du sie fangen, ihr das geraubte Blut entnehmen und es in einem geschlossenen Beutel zum Roten Kreuz bringen. Die freuen sich immer über jede Blutspende. Danach kannst du dann die Mücke öffentlich hinrichten lassen.«

Etwas echauffiert schaute sie zu ihren Mann hinüber, der immer noch mit geschlossenen Augen da lag und versucht, seinen Körper weiterhin in den Ruhestand des Schlafens zu versetzen.

»Ich glaube die Todesstrafe musst du sofort vollstrecken.«

»Mach das mein Schatz,« sprach noch der Mann, drehte sich um und windete sich in die hinterlassenen Abdrücke und Vertiefungen seine Decke.

»Ich habe gesagt, dass du die Todesstrafe vollstrecken sollst,« bestimmte die Frau.

»Wer? Ich?«

»Ja du!«

Etwas genervt schwang der Mann sich aus dem Bett, nahm seine Hausschuhe unterm Bett hervor und schmiss sie sich etwas lautstark vor die Füße.

»Jetzt bist du wieder sauer auf mich,« sprach daraufhin die Frau.

»Nein bin ich nicht,« knurrte er.

Er trottete aus dem Schlafzimmer heraus, um sich zu bewaffnen. Zurück kam er mit der berühmt berüchtigten Fliegenklatsche, ein Gegenstand mit blauem Stiel und einem weißen Plastikgitter, auf der noch Blutspuren einer zurückliegenden Auseinandersetzung zu sehen waren. Mit diesem Ding will er mir also den finalen Schlag verpassen.

»Weißt du,« sprach er plötzlich zu seiner Frau. »Ich hab mal gelesen, dass eine Frau durch eine Wespe in den Busen gestochen wurde, der so anschwoll, dass sie ihr den anderen auch noch hinhielt, …aber die Wespe wollte nicht mehr.«

»Das möchtest du wohl gerne, dass ich meine Brüste vergrößern lasse, damit Männer dann Stilaugen kriegen und beim zu viel glotzen gegen die nächste Maurer laufen. Oder stehen für dich volle Brüste stellvertretend für das weibliche Hinterteil, so wie es unsere Vorfahren sahen, bevor es zur Sache ging?«

»Nein natürlich nicht. Ich hatte das nur mal so gelesen, hatte auch gelesen, dass Mücken eine große Abneigung gegen Zitronen haben.«

»Sind keine im Haus,« antwortete sie blitzartig und forsch. Dabei lag sie immer noch unter der hochgezogenen Bettdecke, ließ nur Nase und Augen zum Vorschein treten, sowie die Finger, die sich an der Decke festhielten.

»Bleib du ruhig liegen,« bemerkte er. »Ich werde hier dem Rachegelüst der Selbstjustiz nachkommen und dabei keine Gefangenen machen.«

Vorsichtig tappte er durch Schlafzimmer und ließ sein gut geschultes Auge über Wände, Decke und Möbel gleiten. Zentimeter um Zentimeter tastete er jeden Winkel ab, registrierte Staubschichten auf den Schränken und Fingerabdrücke an den Schrankspiegeln. Er hielt die Fliegenklatsche fest in der Hand und hatte einen mannigfaltigen Gesichtsausdruck. Er war zu allem bereit, bereit das Leben eines Insektes auszulösen. Doch mich entdecke er nicht.

»Ich finde sie nicht,« sprach er nach geraumer Zeit. »Das Beste ist, wir lassen die Mücke für heute und suchen sie morgen.«

»Wenn eine Mücke im Schlafzimmer um mich herumfliegt und mir den Schlaf raubt, dann überlege ich nicht lange, was für die Mücke oder für mich das Beste ist. Das Beste wäre, wenn die Mücke verschwinden würde. Da sie aber auf eine Aufforderung die Wohnung zu verlassen nicht reagieren würde, auch keine Miete zahlt, wirst du sie suchen, finden und erschlagen, damit ich ungestört schlafen kann.«

Boah, was für eine diabolische Anmerkung, was für eine grottentiefe Melancholie.

»Mörder,« sprach ihr Mann daraufhin gedämpft und machte sich weiter auf die Suche. Wieder suchte er Wände und Türen ab, strich immer wieder mit der Klatsche am Schrank entlang. Doch dann bemerkte ich, wie sich die Augen der Frau auf mich richteten und sie daraufhin anfing zu schreien:

»Da! Da ist sie!«

»Wo,« rief der Mann.

»Na sag mal, bist du blind? Da!«

Der Mann blickte zu seiner Frau, sah wie ein ausgestreckter Arm unter Decke hervortrat und in meine Richtung zeigte. Eine denunzierende Art, um jemanden bloß zu stellen oder um jemanden anzuprangern.

Er folgte dem Arm bis zu Spitze des Zeigefingerns und dann der unsichtbaren Verlängerung durch das Zimmer bis zur Oberkante des Schlafzimmerschrankes, wo ich starr und unbeweglich saß. Dann sah auch der Mann mich und als er mit der Fliegenklatsche zuschlug, spürte ich die Bewegung und entfernte mich schnellstens.

Geistesgegenwärtig versuchte er mich mit der Fliegenklatsche in der Luft zu entledigen, doch wie schon so oft befand ich mich in einem begünstigten Zufall und konnte hinter dem Schrank flüchten. Dabei stellte sich für mich heraus, dass fliegen doch eine gefährliche Fortbewegungsmöglichkeit geworden ist.

Während er versuchte mit der Länge des Stiels und er Patsche hinter dem Schrank hin und her zu fuchteln, um mich aus meinem derzeitigen Versteck heraus zu jagen, sprach er:

»Wo bist du, du Untertan Satans, der ausgewählt wurde, Blut zu stehlen.«

Es wurde mir doch zu unsicher hinter dem Schrank und so flog ich mit dem Hang zu einem leichten Übergewicht hervor und dümpelte mit immenser Anstrengung in Richtung Nachtschrank.

Der Mann vernahm das Geräusch meines Summens, bewegte seine Augen hin und her und schlich nach allen Seiten horchend auf Zehenspitzen durch Zimmer. Besonders in der Nacht, wenn Geräusche die am Tag erzeugt wurden nicht mehr vorhanden sind, wenn Hintergrundgeräusche einfach fehlen, dann kommt einem das Summen vor, als würde ein Rettungswagen mit Martinshorn das Zimmer durchstreifen.

Dann wurde es still, nichts war mehr zu hören. Von dem ständigen entfliehen, flüchten und versteck spielen wurde ich allmählich erschöpft und hatte mich auf der Kuppel der Nachtischlampe niedergelassen um ein wenig auszuruhen. Immerhin hatte ich doch schon einiges an Blut zugenommen. Hätte ich mich so richtig vollgesaugt, dann würde ich jetzt das Doppelte meines Körpergewichtes wiegen und das wäre immerhin zwei mal 2,5 mg. Das ist, als wenn ein Mensch von siebzig Kilo Gewicht in kürzester Zeit das gleiche als Nahrung zu sich nehmen würde.

Viele fragen sich, wie wir eine solche Menge Blut saugen können, die unser eigenes Gewicht übersteigt.

Das Problem hat die Natur auf einfachster Weise gelöst. Im Gegensatz zu den Menschen besteht unsere Haut an unserem Bauchteil aus einem elastischen durchsichtigen Häutchen. Während des Blutsaugens, dehnt sich dieses aus und ermöglicht dem Bauchteil sich zu erweitern. Deshalb können wir auch saugen, soviel wir wollen. Naja so viel wie wollen ist ein bisschen übertrieben, aber mindestens so viel wie reingeht und das sind immerhin zwei bis vier Milligramm, etwa ein Tropfen.

Ruhig hing ich auf der abschüssigen Glaskuppelrundung der Nachttischlampe und vermochte mich nicht zu bewegen.

Plötzlich schrie die Frau erneut:

»Da! Da ist sie wieder.«

»Wo,« fragte er und blickte überall umher.

»Na da, an deiner Nachttischlampe hängt sie. Steh nicht so dumm herum, hau zu, mach sie platt.«

Er blickte zu der Nachtischlampe. Ein dunkler Fleck sonderte sich von der weißen Kuppel ab. Sofort erkannte er seine Chance, nahm die Fliegenklatsche wie eine Waffe in die Hand, war bereit, jederzeit damit sofort zuzuschlagen. Das Umfeld beobachtend wie ein Geheimagent schritt er auf mich zu, um im Augenblick, wo ich ihn nicht zur Kenntnis nehme, mir blitzschnell eins übers Dach zu ziehen. Dabei sprach er leise:

»Na warte, gleich hast du ausgestochen!«

Eine eindeutige Kampfansage, die sich aus dem Impuls der Sprache in die Realität des Todes verwandeln könnte, die über Sieg und Niederlage, über Macht und Herrschaft, über Hochmut und Stolz entscheidet.

Er holte aus und ich spürte den Windstoß, der durch die Bewegung seines Armes erzeugt wurde, der mich in Angst und Schrecken versetzte; der mich wissen ließ, dass er nicht spielt sondern beißt und der mich darüber informierte, dass das Grauen einen Namen gefunden hat.

Dann schlug er zu und wieder konnte ich rechtzeitig der Gefahr trotzen, der Bedrängnis wiederstehen, dem Risiko entkommen, mich in die äußerste Ecke des Raumes verziehen.

Mit einem kräftigen Geschepper ging die Lampe durch den Schlag zu Boden und ließ den Glasschirm in zig Scherben zersplittern. Gleichzeitig riss die Zuleitung der Lampe den Wecker herunter, dessen Batteriefach sich öffnete und die Batterien herausrollten.

Um nicht in die Scherben zu treten, schritt er zurück, rutschte auf einer der

Batterien aus und hielt sich dabei an der schweren Seidenbrokatgardine fest. Mit der uneingeschränkten Kraft die unsichtbar durch seinen Körper strömte, der unglaublichen Energie und der Wut eines Bulldozers, der jeden Helikopter vom Himmel holen könnte, riss er die Gardine von der Wand.

Dabei glitt die Gardinenstange aus der Halterung, schlug gegen das neben dem Fenster hängende Bild, eine Leinwand mit Schattenfugenrahmen des Künstlers Josef Beuys, welche vom Nagel rutschte, auf die darunter stehende Kommode aus der Zeit Louis XV aufschlug, dort tiefe Absplitterungen verursachte, zwei Putten der Meissner Porzellanmanufaktur zerstörte und dann selbst bei dem Aufprall auf den Boden zerschlug.

Abrupt wurde der Angriff gestoppt, keiner der beiden vermöchte etwas zu sagen. Es wurde still, eine gefräßige Stille, als wenn man dem Fallen einer Mörsergranate zuhören würde.

Nach einer Weile setzte sie sich aufrecht und während er in Gardinen gehüllt vor dem Fenster lag, ließen beide die Köpfe kreisen, doch sie erblickten mich nicht. Ich hatte diesmal den dunklen Teil des Schrankes gewählt, um mich nicht so leicht vom Untergrund abzusondern.

»Und nun,« fragte der Mann nach geraumer Zeit.

Sie zuckte mit den Achseln und meinte:

»Weiß nicht. Aber solange das Vieh im Zimmer ist, kann ich nicht schlafen.«

Er stand auf, bewunderte das angerichtete Chaos und sah seine morgige Freizeit damit verbringen, mit wenigen handwerklichen Griffen und Kniffen die Schäden zu reparieren, um seine Frau damit zu beeindrucken.

Dann ging er ins Badezimmer, wühlte lautstark im Schrank herum und kam mit einer Flasche Insektenspray zurück.

»Wieso bist du nicht vorhin schon damit angekommen,« fragte die Frau.

»Du hattest nicht gesagt, dass du Insektenspray haben wolltest. Du hattest nur gesagt und ich zitiere mal wortwörtlich: dass ich die Todesstrafe vollstrecken sollte.«

Etwas zornig über das Chaos, was durch diese Fehlinterpretation verursacht wurde, entriss sie ihm das Insektenspray und fing an, sich damit einzusprühen. Eine Chemiekeule, die mich wissen ließ, dass der heutige Tag für mich gelaufen sei und ich eine zweite Blutmahlzeit nicht ergattern konnte.

Ich verschwand wieder hinter dem Schrank und wartete den nächsten Tag ab. Wenn die Fenster geöffnet werden, werde ich verschwinden.

## 7. Menschen sind eine besonders große Bluttankstelle

Am nächsten Tag traf ich Mona Moskito und Alma Schnake. Ich erzählte ihr von meinem gestrigen Abenteuer, von der hübschen Frau, die so schön und liebreizend roch, die eine makellos geformte Sanduhrfigur besaß, eine glatte geschmeidige Haut, über eine angenehme weiche Stimme verfügte, Freundlich war und ein gewissen Charme ausstrahlte. Eine Frau, die bestimmt die richtigen Proteine im Blut hätte, um meine Eierevolution voranzutreiben, damit der Nachwuchs mit ihrer Schönheit und schöpferischen Geisteskraft in der internationalen Vermarktung von Produkten mithalten könnte.

Doch dann bemerkte sie mich, wurde kompromissfähig, besonnener, weniger impulsiv und wuchs zum einem Berglöwen heran.

»Deshalb fliegen wir auch immer zu zweit oder gar zu dritt, damit einer Obacht geben kann, während die anderen den Menschen zur Weißglut bringen.«

»Ja unsere Mobilität ist unübertroffen,« mischte sich Alma Schnake ein. »Sollte doch tatsächlich einer von uns ertappt werden, denken die Menschen doch sie hätten endlich Ruhe und so kann zumindest der nächste sich um seine Mahlzeit kümmern.«

»Aber warum hassen die Menschen uns denn,« fragte ich.

»Weil die Menschen es nicht verstehen, dass wir wichtig für die Lebensgemeinschaft sind. Wir als Pflanzenfresser ernähren uns von der organischen Substanz, die Fleischfresser wiederum von Tieren. Gäbe es uns nicht, würde es viele Nachteile für andere Tiere mit sich bringen. Und da wir neben der Erhaltung des eigenen Lebens auch ein Interesse an der Erhaltung unserer Art haben, werden wir zusehen, dass wir nicht aussterben. Dazu benötigen wir allerdings die Proteine aus dem menschlichen Blut, wodurch wir als blutsaugende Monster bezeichnet werden und deshalb auch verhasst sind.«

»Ja würde ein Mensch stechen,« übernahm Mona Moskito wieder das Wort, »würde man ihn nicht erschlagen. Man wird eher auf die Erhaltung seiner Art achten. Sie ist dafür verantwortlich, dass der Mensch das Töten eines Artverwandten als schlimmer empfindet, als das Töten eines Tieres oder Insekts. Sie töten unter anderem auch große Tiere um sich zu ernähren, wollen aber Fleisch essen ohne Blut, ohne Gestank und wenn es möglich wäre, auch ohne Tier. Doch wer ein Kotelett essen will, muss vorher ein Schwein schlachten, sagen die Schlachter. Ein Beruf der wegen der Sensibilisierung traditionell von Männern ausgeübt wird.«

»Ja die Menschen sind schon komische Individuen,« sprach ich. »Man kann sie auch schlecht auseinander halten. Ein Teil rasiert sich im Gesicht, ein anderer Teil an den Beinen; die einen haben eine militärisch kurze Friseur die das ganze Haar aufrecht stehen lässt, die anderen eine Form wie außergewöhnliche Skulpturen. Manche haben muskelbepackte Körper, die mit übermäßigen Anabolikakonsum gefördert wurden; andere wiederum vorgeformte Ein- und Ausbuchtungen, die einen Großteil der männlichen Freizeit in Anspruch nimmt.

Dann gibt es noch diese vom Klapperstorch gebrachten hilflosen, trotzig und nerv tötenden Wesen, die nur eine bestimmte Sprache verstehen und sich deshalb die Menschheit in einer Ur-Sprache mit ihnen unterhält, wie: "Eideidei, Dutzi-Dutzi ja haddedadedu in die Windel gemacht, ja toll haste das gemacht, du kleiner Süßer du, ja du kleiner Süßer dutzi, dutzi" oder "sag mal Papa, sag mal Papa, sag mal Papa ja ja heiteiteitei ja ussemusse daiiiii daiiiiidai du kleiner Fratz du ja du Fratz.«

»Menschen sind schon eigenartige Wesen, die hochkant auf zwei Beinen laufen können,« sprach Mona Moskito. »Und die nerv tötenden Wesen, das ist der Wachwuchs. Die Verbindung von männlichem Mensch und weiblichen Mensch wird oft verharmlosend "Liebe machen" genannt und kann von zwei oder mehreren Menschen gleichzeitig ausgeübt werden. In bestimmten Fällen entsteht dabei der Nachwuchs, sogenannte Kinder, die ebenfalls zu zeugungsfähigen Männern und Frauen heranwachsen. Genau wie bei uns wird hier sichergestellt, dass der Nachwuchs in Zukunft gewährleistet ist.

Der grundlegende Unterscheid zu uns Tieren ist, dass sie nicht Fliegen, nicht besonders gut schwimmen und auch nicht gerade schnell laufen können. Sie denken, wenn im Fernsehen gelacht wird, mitlachen zu müssen; sie mögen Fußball und halten Bier für ein Erfrischungsgetränk. Sie verursachen Kummer und Chaos und klären Probleme mit der Waffe.«

»Weißt du, wir sind nicht wählerisch. Auch wenn die Theorie der weiblichen Menschen darauf beruht, dass ihr Blut süßer sei und sie deshalb öfters von uns gestochen werden, so ist das falsch. Wir kennen keine Geschlechtspräferenzen. Uns ist es vollkommen egal, wen wir vor uns haben und wie anziehend ein Mensch ist, bestimmt vornehmlich sein Geruch. Dabei kann man den Schweiß nicht mit irgendwelchen Deos oder Lotionen überdecken, dafür haben wir ein viel zu feines Geruchsempfinden,« bemerkte Alma Schnake.

Wir flogen in der Gegen umher und kamen an einem Grundstück vorbei, wo die Musik über Hecken und Büsche schallte. Ein Geburtstag wurde gefeiert, ein Geburtstag mit der ganzen Familie. Auf der einen Seite ein langer Tisch mit Platten, auf denen sich belegte Häppchen befanden, sowie Tomaten mit Mozzarella, diverse Salate, Würstchen und kleine Frikadellen, unterm Tisch Getränke wie Bier, Brause, Wasser, Organgensaft.

Auf der anderen Seite die Gäste an einer riesigen Tafel. An der Stirnseite ein älterer Herr, der von kleinen Kinder umkreist wird. Plötzlich blieb ein Kind stehen und fragte:

»Opa, warum hast du keine Haare mehr auf dem Kopf?«

Die anderen Kinder blieben stehen und schauten den Mann an, warteten Neugierig auf die Antwort. Der Mann war etwas verdutzt, ließ seinen Blick im Kreise wandern und sagte:

»Das hat was mit dem natürlichen Alterungsprozess zu tun und betrifft überwiegend die starken Jungs.«

»Dann sparst du ja eine Menge Geld,« bemerkte der Junge.

»Wie kommst du denn darauf.«

»Du brauchst dir keinen Kamm mehr kaufen und Schaum kommt dir beim Haare waschen auch nicht mehr in die Augen.«

»Ja und zum Friseur brauchst du auch nicht mehr gehen,« mischte sich ein kleines Mädchen ein. »Mama sitzt da immer ewig lange bevor sie dran kommt und dann dauert das nochmal so lange und jedes Mal muss ich mit.«

Der Junge schaute sich den Mann genauestens an, besonders die Ohren haben es ihm angetan:

»Sag mal Opa, wachsen die Haare in deinen Ohren genauso schnell wie bei mir auf dem Kopf. Musst du die vom Friseur schneiden lassen?«

Alle Kinder blickten in seine Ohren und sahen wie die Härchen aus dem Gehörgang herauswuchsen. Der Mann grinste und verriet den Kindern:

»Oma schneidet mir mit einer spitzen Schere die Härchen heraus.«

»Tut das nicht weh?«

»Nein, Oma ist ganz vorsichtig dabei.«

Die Kinder schwiegen, hörten dem Mann aufrichtig zu und machten sich innerlich Gedanken über das was sie hörten. Plötzlich sprach eines der Kinder ganz aufgeregt:

»Da ist eine Mücke auf dem Kopf.«

»Schnell, schnell einen Mückenschläger,« rief ein anderes Kind.

Der Junge lief ins Haus, kam mit einer Fliegenklatsche zurück gerannt, lief auf den Opa zu und haute ihm eins auf dem Kopf. Doch die Mücke war schon längst verschwunden.

»Oh nicht so Doll,« rief eine Frau und nahm dem Jungen die Klatsche weg.

»Das macht doch nichts,« sagte der Opa. »Es sind doch Kinder.«

Und schon fingen alle Kinder an, auf Opas Kopf zu hauen, ob mit den Händen oder mit einer Serviette, Opa hatte offensichtlich Spaß daran, wie die Kinder dabei um ihn herum tanzten.

Wir näherten uns dem Buffet um zu sehen, ob nicht irgendwo ein kleiner Durchlass ist, der uns Einlass zu dem Reizvollen gewährt. Doch die Lebensmittel waren mit einer Haube abgedeckt. Ein feinmaschiges Drahtgeflecht, durch das kein Eindringen möglich war. Ein Obstteller starrte mich an und ich konnte nicht zu ihm. Der Anblick des frischen Fruchtnektars lies in meinem Gehirn das Belohnungszentrum aktivieren, worauf mir das Wasser im Mund zusammenlief.

Plötzlich rief Mona Moskito:

»Hey, seht ihr was ich sehe?«

»Was denn,« erkundigte sich Alma Schnake.

»Na da, eine ganze Menge nackter Waden unter dem Tisch.«

Kein Wunder, es war sommerlich warm und alle trugen entweder kurze Hosen oder kurze Röcke. Wir flogen hinüber und wie es aussah, waren wir nicht die einzigen. Einige waren gerade dabei sich auf ihren leckeren Imbiss zu stürzen. Doch man darf die reaktionsschnellen Bewegungen mancher Menschen nicht unterschätzen.

Gerade beobachte ich eine Artgenossin, wie sie zuerst plan- und ziellos zwischen den Beinen umherflog und dann ein gemütliches Ruheplätzchen auf der Wade eines jungen Mannes einnahm.

Es schien für die Mücke ein besonderer Duft zu sein, der sie anzog, ein besonderes köstliches Blut das ihre Bedürfnisse befriedigen könnte und das sie dazu bewegte, sich mit Wonne auf diesen leckeren Imbiss zu stürzen.

Es gibt dreihundert bekannte Gerüche die der menschliche Körper absondert und wir sind in der Lage, durch einige dieser Gerüche unsere Beute zu lokalisieren. Zum Beispiel die Milchsäure. Man findet sie in Sauermilchprodukten, in einigen Früchten und in fermentierten Lebensmitteln. Außerdem ist sie ein Nebenprodukt der menschlichen Muskulatur und können auch in unterschiedlichem Maße im Blut, auf der Haut und innerhalb des Schweißes gefunden werden. Von dem Geruch der Milchsäure können wir magisch angezogen, sowie aber auch abgestoßen werden.

Mein Blick blieb weiterhin starr an der Artgenossin hängen. Auch sie ist eine derjenigen, die für die Bereitstellung der notwendigen Proteine für die zu entwickelten Eier verantwortlich ist und so wie es aussieht, ist sie gut gerüstet, um diese Aufgabe zu erfüllen.

Sie setzte ihren Rüssel an, der die Hülle für einen speziellen Schneide- und Saugmechanismus bildete. Die Hülle schiebt sich zurück und der Schneidmechanismus setzte sich in betrieb. Dann schob sie ihr Saugrohr vibrierend wie ein Presslufthammer in die Haut.

So wie wir mit Leichtigkeit in die menschliche Haut eindringen können, so haben wir auch die Stärke, um in die Haut eines Frosches oder einer schuppigen Schlange einzudringen.

Das Saugrohr war tief eingeführt, nun kommt eine Art Lokal-Anästhesie. Eine Flüssigkeit wird in die Schnittstelle geben, die das Gewebe betäubt. Es soll dafür sorgen, dass das Blut nicht gerinnt und das Saugrohr nicht verstopft.

Doch plötzlich, blitzschnell und unerwartet schnellte eine flache Hand des Mannes hervor und schlug klatschend gegen seine Wade. Für Sekunden blieb die Hand dort haftend. Dann zog der Mann die Hand fort und ich sah einen Blutfleck.

Er hatte die Mücke getroffen, sie mit der Handfläche an seinem Bein zerquetscht. Sie hatte sich gerade am Blute genährt, um Nachwuchs zu schaffen; um für die wichtigen Bestandteile der Nahrungskette zu sorgen. Blut hing am Bein, von dem geplatzten Bauchteil, indem sie das Blut speicherte.

»Ja, man muss bei Menschen höllisch aufpassen,« erwähnte Alma Schnake, die das Geschehen aus sicherer Entfernung mitverfolgte.

»Im Gegensatz zu den Wespen, Bienen und Hornissen, die zur Verteidigung stechen, stechen wir nur um den Lebenskreislauf in Bewegung zu halten,« erwiderte Mona Moskito.

»Tja, Menschen sind nun mal eine besondere große Bluttankstelle, einfach zu finden und leicht anzufliegen. Deswegen sind die charmanten Menschen auch ein beliebtes Ziel für uns.«

»Aber man muss uns doch nicht immer gleich platt machen, nur weil wir das schwächere Mitglied auf dieser Welt sind,« äußerte ich mich.

»Es ist oft die übertriebene Angst vor dem Stärkeren. Menschen idealisieren alles, was mächtig ist, was in der Lage ist, sie zu unterdrücken, sie zu beherrschen. Oft schon stört sie ein Schatten an der Wand.«

»Komm lass uns ein Abflug machen, bevor die uns bemerken und Jagd auf uns machen,« schlug Alma Schnake vor.

Und so flogen wir von dannen.

## 8. Mut ist wie ein Abenteuer

Wir flogen in der Gegend umher, auf der Suche nach einer schmackhaften Blutmahlzeit. Dabei lassen wir uns von der im Blut befindlichen Mischung aus Aminosäuren, Ammoniak und Milchsäuren verleiten, die wir selbst bei einer zweitausendfachen Verdünnung der Konzentration anziehender empfinden, als reines Wasser.

Die Dämmerung trat ein und an dem klaren Nachthimmel erschienen teils helle und teils dunkle Sterne. Faszinierend dieses Unendlichkeit, diese Weite, die die Relationen in einem ganz anderen Verhältnis setzt. So wie sich die Erde um die Sonne dreht, so wandern auch die Sterne von Ost nach West.

Auf den Blütenkelch einer zartriechenden Blume ließ ich mich nieder und atmete ihren Duft ein. Dabei sah ich von weitem einen Scharm winziger Mücken, die über einer sumpfigen Wiese am Rande eines großen dunklen Waldes sich in der Luft auf und ab bewegen.

»Da, da ist eine Party,« rief ich. »Ein Paarungstanz. Nichts wie hin.«

Rhythmisch fing ich an mein Tarsus -also meinen Fuß- des rechten Vorderbeines nach vorne zu strecken, dann den linken Fuß, legte daraufhin den rechten Fuß auf die linke Seite meines Prothorax -meiner Schulter- und meinen linken Fuß auf die rechte Seite, stemmte anschließend meine Füße in die Hüfte und ließ dabei den Metathorax –das Hinterteil- kreisen. Dann sprang ich eine Vierteldrehung nach rechts und begann wieder von vorne. Dabei sang ich:

»Tanze heute Nacht, tanze
Makkaroni,
komm wir gehen dabei aufs ganze
Makkaroni
tanz heute Nacht, dreh dich
Makkaroni,
hey Makkaroni.«

»Ey, zappele hier nicht rum wie ein Fisch an der Leine. Erstens heißt es Macarena und zweitens ist das weder eine Party noch eine Paarungstanz,« erwiderte Alma Schnake.

»Wieso nicht? Das sind doch alles Männchen die da sich harmonisch zu fiktiven taktvollen Geräuschen bewegen um Weibchen anzulocken, oder?«

»Nicht wirklich. Erstens sind das keine Stechmücken wie wir, sondern Zuckmücken und zweitens haben die sich zu einer Mutprobe zusammen gefunden.«

Ich tanzte weiter, legte meine Füße nacheinander hinter dem Kopf, danach wieder an die Hüfte und sprang abermals eine Vierteldrehung und sang:

»Hey Macarena.«

Doch dann plötzlich verstummte ich und fragte irritierend:

»Zu einer Mutprobe?«

»Ja zu einer Mutprobe!«

Ich flog dichter ran, landete auf dem Stängel eines Wiesenschaumkrautes und beobachtete die winzigen kleinen Tierchen, die man im Einzelnen kaum wahrnehmen konnte. Es sah aus, als hätten sie Angst, fühlen sich aber in der Gemeinschaft stark.

Alma Schnake und Mona Moskito setzten sich neben mir, worauf Alma sprach:

»Mutproben gibt es schon seit hunderten von Jahren. Selbst die Menschen unterziehen sich immer wieder irgendwelchen Mutproben. Schon der Schweizer Wilhelm Tell unterzog sich einer Mutprobe, als er in achtzig Meter Entfernung den Apfel auf dem Kopf seines Sohnes entzwei schoss.«

»Warum das denn?«

»Nun zur Zeit Tells lebte ein Reichsvogt der seine Untertanen immer weiter ausbeutete und quälte. So stellte er mitten auf dem Marktplatz eine Stange mit einem

Hut auf, den jeder Untertan grüßen sollte, so als wenn der Vogt persönlich anwesend wäre. Tell empfand es als schwachsinnig, einen Stock mit Hut zu grüßen und ignorierte somit die Anordnung. Daraufhin wurde er zu Rede gestellt und zur Strafe musste sich der Sohn von Wilhelm Tell in achtzig Meter Entfernung mit einem Apfel auf dem Kopf vor einen Baum stellen. Gelingt es Wilhelm Tell den Apfel zu treffen, wäre er ein freier Mann. Wilhelm Tell legte sich zwei Pfeile zurecht und da er ein Meisterschütze war, zieht sein Pfeil eine schnurgerade Linie und entzweite den Apfel.«

»Wow, ein Könner unter den Schützen. Aber wozu der zweite Pfeil?«

»Das hatte ihn der Vogt auch gefragt und Tell antwortete: *Wenn mein erster Schuss fehl gegangen wäre und meinen Sohn Walter getroffen hätte, so hätte mein zweiter Pfeil dich ganz sicher nicht verfehlt, so wahr ich Tell heiße.* Aufgrund dieser Aussage hatten sie ihn dann doch noch verhaftet.«

»Ja und die Mücken da vorne, grüßen die da auch irgendwelche Stöcker oder warum bewegen die sich in der Luft ständig auf und ab,« wollte ich wissen.

»Das sind Neulinge. Die haben da einen auserkoren, zu beweisen wie mutig er ist.«

»Und womit muss er seine Mut beweisen?«

»Eigentlich halten sie sich nur in der Helligkeit auf, weil sie Angst vor dem finsteren Wald haben, obwohl sie schon seit Generationen in Waldesnähe leben. Die Geräusche, die in stiller Nacht aus dem Wald zu ihnen dringen, versetzen sie einerseits in Angst und anderseits in eine Neugier.«

»Ja,« führte Mona Moskito die Schilderung fort. »Sie hätten zu gerne gewusst, was da drinnen im Gehölz vor sich geht.«

»Und um zu erkunden was da los ist,« übernahm Alma Schnake wieder das Wort, »schicken sie einen mutigen in den finsteren Wald, einen Neuling dem nicht bewusst ist, in welches gefährliche Abenteuer er sich stürzt. Draußen warten die anderen voll Spannung und Sensationslust auf seine Rückkehr. Und umso länger sie warten, desto mehr deuten sie jedes Geräusch, das aus dem Walde zu ihnen dringt, als ein Zeichen großer Taten.«

»Aber was ist denn da so gefährlich in dem Wald?«

»Es kann der Schrei eines Nachtvogels sein, der nach Beute Ausschau hält; das Rascheln eines Igels, der im Mondschein spazieren geht; das Knacken und Schnaufen eines Wildschweines oder das schmatzen von Hirschen und Rehen, die sich an den jungen frischen Baumtrieben und an den saftigen Blättern laben.«

Hypnotisierend schaute ich zum Wald hinüber, merkte wie meine Augen verrücktspielten und schnell mal Gestalten erkannten, die sich aber nur als Äste oder Blätter entpuppten.

Plötzlich hörte ich auch Geräusche. Geräusche als wenn ein umgekippter Baum sich mit einem anderen verkeilt hatte und sich nun die Baumstämme aneinander rieben. Dann ein kreischendes Lamento, wie das Geschrei eines Kleinkindes oder wie das Gezeter von Katzen, die sich paaren wollten.

Wieder wurde es still, unheimlich still. Es war nicht die Stille die entsteht, wenn kein Lüftchen sich bewegt, wenn niemand einen Atemzug wagt, nein es war eine andere Stille, eine bedrohliche Stille. Doch nach kurzer Zeit wurde die Stille durch einen hohen, schrillen, schreienden Laut eines Kauzes unterbrochen, das sich anhörte wie das Gewimmer eines Hundewelpen.

»Sieh sie dir an, wie sie furchtsam und schaudernd hin und her fliegen, wie sie sich gegenseitig Vermutungen zuflüstern,« sprach Mona Moskito. »Wie das kleine Insekt in ihrer Phantasie zu einem mächtigen Tyrannen heranwächst, dass sich allen Gefahren mutig entgegenstellt.«

»Warum machen wir nicht auch mal so eine Mutprobe,« wollte ich wissen.

»Mut beweisen wir fast jeden Tag, wenn wir auf Proteinsuche sind und die Menschen anfliegen; wenn wir ungestört saugen und unverletzt den Menschen wieder verlassen können.«

»Das stimmt, das habe ich bereits am eigenen Leibe gespürt. Aber das sind unsere Lebensbedingungen, um Nachwuchs auf die Beine zu bringen. Ich meine so ein einmaliges, kühnes und gewagtes Ereignis entgegen treten.«

»Ich hatte mal von einer Geschichte gehört, wo eine Mücke einen Löwen zum Zweikampf herausgefordert hatte. *"Ich fürchte dich nicht, du großes Ungeheuer,"* hatte sie ihm zugerufen. *"Du kannst mir nichts tun, auch wenn du deine Beute mit den krallen zerreißen und mit den Zähnen zerfleischen kannst. Ich werde dir zeigen, dass ich stärker bin als du."* Daraufhin flog sie in eins seiner Nasenlöcher und stach zu.

Der Löwe spürte diesen stechenden Schmerz und konnte sich nicht wehren. Er gab sich somit geschlagen.«

»Wow, die war ja mutig,« erstaunte es mir.

»Mutig schon, aber dumm.«

»Wieso dumm?«

»Sie war stolz, als sie davon flog, wollte ihren Mut und ihre Überlegenheit überall verkünden. Dabei übersah sie das geflochtene Gewebe einer Radnetzspinne und verfing sich in den elastischen, extrem starken und kleberigen Fäden. Gierig kam die Spinne angerannt und spann sie weiter ein. Dann saugte sie ihr das Heldenblut aus.«

»Hm, das war natürlich nicht so gut.«

»Wenn du willst, kannst du das auch mal probieren. Hier in der Nähe gibt es einen Zoo.«

»Ein Zoo?«

»Ja ein Tiergefängnis, wo Tiere in Wohngemeinschaften leben und in Käfige eingesperrt sind. Da kannst du dir dann aussuchen, wen du waghalsig in die Nase stechen willst, dem König der Tiere, dem schlammschmeißenden Elefanten oder der frommen Schleiereule.«

»Ne, lass mal.«

»Du kannst dich auch vor einem Chamäleon stellen und ihm klarmachen, dass die Fresse einer Bulldogge in keiner Weise besser aussieht als seine. Ignoriere dabei einfach seine Schleuderzunge.«

»Nein danke. Ich glaube, ich habe viel zu viel Angst dazu.«

»Als Angst wird meist das Gefühl bezeichnet, bei dem es einem unmöglich ist, Mut zu empfinden.«

Eine Mutprobe ist wie ein Abenteuer, als wenn man Zeitungen in einer Herrendusche verkauft, Sahnetorte bei den Weight Watchers isst und lautstark ihren Geschmack bewundert, in einem viel zu großen Bikini von fünf Meter Sprungbrett springt, bei Gewitter einen Drachen steigen lässt oder mit einer Lötlampe die Haare schneidet.

Mut ist aber auch Klugheit, sich auf gefährliche Eskapaden nicht einzulassen, egal wie die Konsequenzen sind. Wenn man dann nicht mehr anerkannt wird, hat man die falschen Freunde ausgewählt.

Das Ergebnis der mutigen kleinen Mücke, die sich im finsteren Wald aufhielt, wurde plötzlich bedeutungslos. Zwar schaute ich immer wieder in Richtung des Waldes, doch verlor die Neugier ganz schnell das Interesse.

So dauerte es auch nicht lange und wir flogen von dannen, waren auf der Suche nach menschlichen Odeur, um unsere Blutgelüste zu stillen. Es ist wie das beliebte Buchstabenkaufen beim Glücksrad oder wie das osteuropäische Familienspiel, das russische Roulett.

## 9. Menschen sind eigenwillige Wesen

Es war schon wieder dunkel als ich an einem auf Kipp gestellten Fenster vorbei flog. Ich roch eine menschliche Ausdünstung und sofort schwelgte ich in einem genussvollen Gelüste, machte kehrt um mir Eintritt in die Wohnung zu verschaffen, in den Tempel der Gaumenfreuden.

Doch dann passierte etwas, mit dem ich nicht gerechnet hatte. Mit voller Wucht prallte ich gegen ein Netz und wippte schwungvoll hin und her, als wenn ich auf einem Kamel reiten würde, der mit schlechten Stoßdämpfern ausgestattet war. Mit geschlossenen Augen hing ich da und mochte mich nicht rühren.

Gedankenversunken fiel mir das Schauspiel mit der Motte ein, die sich in den klebrigen Fäden eines Spinnnetzes verfangen hatte und sich nicht mehr lösen konnte, wie sie blitzschnell eingesponnen und ausgesaugt wurde, wie anschließend leblos ihre Hülle dalag.

Schnell kann sich alles wandeln, dachte ich mir. Von einer Sekunde auf die andere geschehen Dinge, die das Leben grundlegend ändern. Ein Moment, wo ich gar nicht weiß was mit mir, was mit meinen Gedanken und Gefühlen passierte. Alles drehte sich um mich, hatte das Gefühl nicht hinterher zu kommen. Erinnerungen, Gedanken, Gefühle, ziehen an mir vorbei, wie ein Film.

Den ganzen Tag hatte ich schon so böse Vorahnungen, dass irgendetwas Schlimmes passieren würde, war wegen meiner Gefühle auch recht unruhig.

Plötzlich spürte ich eine Helligkeit um mich, ein weißes Licht wie der wunderbare Glanz von tausenden Glühwürmchen die ein Lichtkonzert ausstrahlten; wie das Sonnenlicht eines frühlingshaften Tages, dass Blumen zu neuem Leben erweckte oder wie das Licht einer Großstadt, die im Morgengrauen erwachte.

Im Schein dieser Helligkeit sah ich imaginär ein anderes Insekt, das auf mich zukam. Wir sprachen kein Wort und doch verlangte es mich ihn zu fragen, wo er denn herkomme und wo ich eigentlich bin, aber meine Sprache schien mir zu versagen. Ich konnte keine Silbe von mir geben.

Bewegungslos lag ich da, wartete gespannt auf die Spinne, die mich fesseln wird um ihren mächtigen Hunger zu bändigen, ihren gewaltigen Appetit zu stillen. Das Leben schien für mich verloren. Nicht einmal für Nachwuchs habe ich gesorgt, habe also meine Hauptaufgabe vernachlässigt.

Augenblicklich hörte ich Stimmen, menschliche Stimmen. Vorsichtig öffnete ich die Augen, doch das gleißende Licht beraubte mich sofort meines Sehvermögens. Ein Druckgefühl um die Augen entstand und ich musste sie erstmal wieder zusammenpressen.

Nach kurzer Zeit versiegten die Stimmen und auch die Helligkeit um mich verschwand. Ich öffnete abermals meine Augen und blickte in einen dunklen Raum, der gerade zuvor erhellt war. Vorsichtig sah ich mich um und bemerkte, dass eine Metallgaze, ein Fliegengitter, meinen Flug schwungvoll aufgefangen hatte.

Wiedermal lief ich als blindes Huhn gegen einen Korn-Sack, hatte Glück nicht in den Fängen eines achtäugigen, haarigen, bizarren Wesens mit viel zu vielen Beinen zu gelangen, welche Traumfänger als skurrile Kunstwerke in Wohnungen und Kellern errichtet, damit irgendwelche fressbaren Wesen hineinstolpern. Unter den Menschen gilt das rituelle Ermorden so einer Kreatur auch als ein standarisiertes Balzvorhaben. Doch warum heißen diese Gitter, die jegliche Art von Insekten fernhalten sollen, eigentlich Fliegengitter?

»Ich bin doch nur eine Mücke,« schrie ich

durchs Gitter. »Ich will euch doch nichts Böses tun, nur einen Tropfen Blut. Ihr hab doch so viel davon.«

Es ist die Widersprüchlichkeit der Menschen, Dinge so zu bezeichnen, wie sie in wirklich gar nicht sind. Wie zum Beispiel der Goldhamster. Sein Fell auf der Oberseite ist leuchtend rotbraun, die Rückenmitte ist etwas dunkler und der Bauch meistens weiß,

»… und nicht Gold,« schrie ich abermals durch das Gitter. »Auch Goldfische verfügen über keine Edelmetalle, sie sind auch nur Rot und manche sogar weiß. Und Goldbärchen bestehen auch nicht aus Gold sondern werden aus Schweineschwarten hergestellt.«

Warum rege ich mich eigentlich auf. Bisher hatte ich doch Glück im Unglück gehabt, müsste eigentlich mit meinem Lebensumfeld zufrieden sein.

Die jetzige Situation zeigt mir doch nur, dass hier etwas nicht stimmt, dass ich zu kurz komme, meine Bedürfnisse nicht befriedigt wurden. Ich muss mich halt nach den Gegebenheiten richten, dem Unabänderlichen fügen, umdenken und neue Strategien entwerfen, eine andere Lösungsmöglichkeit finden. Was hier nicht funktioniert, funktioniert woanders und so flog ich weiter.

Ich kam an einen Hauseingang vorbei, wo ein Pärchen stand und sich unterhielt. An der Scheibe der Haustür ließ ich mich nieder und beobachtete die beide. Dabei schaute die Frau den Mann ganz tief in die Augen und meinte:

»Hör mal, ich will ganz ehrlich zu dir sein. Es ist schon verdammt lange her, dass ich mit einem Mann zusammen war.«

»Aber das macht doch nichts,« antwortete der Mann mit einem erfreulichen Gesichtsausdruck und schon bemerkte er, wie nah Sex and the City an der Realität ist, wie schnell Amor mit dem Pfeil an der Tür klopft.

»Weißt du…,« fuhr die Frau dann weiter fort, »ich habe sehr viel Zeit mit Frauen verbracht…, aber jetzt da brauch ich zum Spielen mal wieder ein Joystick. Verstehst du was ich meine?«

Das bisher erfreuliche, sehr entspannte und weiche Gesicht verzog sich plötzlich zu einem überraschenden Mienenspiel. Er riss seine Augen weit auf, bog seine Augenbrauen nach innen und ließ seine Gesichtsfarbe leicht erröten. Dabei äußerte er sich:

»Ähm, wie bitte?«

»Du siehst unheimlich gut aus,«

entgegnete sie seinen etwas zerstörten Blick.

»Danke schön,« erwiderte er daraufhin.

»Du bist echt hübsch,« setzte sie ihr Vokabularium fort. »Du hast sehr sanfte und zarte Züge. Du bist sehr feminin, das ist gut für mich. Das wäre dann ein softern, naja ein wechseln, du verstehst was ich meine. Vielleicht könntest du noch ein wenig Rouge auflegen.«

Die Augen des Mannes wurden immer größer und mit diesem beträchtlichen, doch sehr komplizierten Sinnesorgan schaute er die weibliche Lebensform an, die sich wohl im Sinne einer Frauengleichberechtigung, bisher vom eigenen Geschlecht angezogen fühlte. Er versuchte seinen ohnehin schon zerstreuten Denkprozess durch Gedanken-Fernübertragung zu steuern. Doch seine Gedanken erhören ihn nicht, keiner rief ihn just in diesem Moment auf dem Handy an; keiner gab ihm die Gelegenheit panisch aus der Wäsche schauen zu können und ins Telefon zu grölen: "Wie, oh nein, nicht die Waschmaschine, alles nass," gefolgt von einer der klassischen Ich-muss-weg-Ausreden. Doch nichts passierte und so räusperte er:

»Ähm…, Ja!«

»Bist du dabei du Hengst, macht dich das

an?«

»Ähm…, Nein!«

Man sah es ihr an, wie sich larvenartige Viren in ihrem Körper verbreiteten, die langsam zu Schmetterlingen mutierten. Happy End oder Sad End das ist hier die Frage. Für mich ist es ein Open End, denn es war Zeit, mich weiter auf die Suche nach dem roten Hämoglobinsaft zu machen.

Ich kam an ein sperrangelweit offen stehendes Fenster vorbei, roch ein zartes menschliches Odeur, ließ mich unbewusst von dem Geruch verleiten und flog hinein. Eine Frau saß auf der Couch und las in einem Buch. In unmittelbarer Nähe haftete ich mich an die Wand und wartete auf einen günstigen Augenblick.

Plötzlich klingelte das Telefon. Die Frau legte ihr Buch zur Seite, nahm das schnurlose Telefon vom Tisch und meldete sich:

»Hallo.«

Ruhe trat für einen kurzen Augenblick ein. Dann fragte sie:

»Gut…, und wie geht es ihnen?«

Wieder wurde es still und man sah an ihrer Mimik, dass sie unschlüssig war, wer an dem anderen Ende der Telefonleitung mit ihr sprach. Neugierig erkundigte sie sich:

»Wer ist denn da?«

Gespannt wartete sie auf die Antwort, sah dabei auf die Muschel des Hörers als wenn sie durch die kleinen Löcher den Anrufer erblicken könnte.

»Kenn ich sie irgendwoher … Gerrit,« erkundigte sie sich dann, als er sich mit seinem Namen vorstellte.

»Sind sie vom Callcenter einer Telekomunikation,« sprach sie dann weiter, wobei ihre Stimme immer geräuschvoller, immer dröhnender, immer deutlicher wurde. »Befinden sie sich in den obersten Stockwerken eines Bürogebäudes? Können sie ganz schnell aufs Dach gehen und runter springen? Sie sind doch krank! Schießen sie sich eine Kugel in den Kopf oder holen sie sich ein Messer und springen da hinein. Alles klar, machen sie's gut und F… sie sich ins Knie!«

Sie drückte die Taste zum beenden des Gespräches, schmiss das Telefon auf den Tisch und ließ dabei lautstark das Wort:

»Arschloch« verlauten.

Die Szenerie gab dem ganzen einen hyperrealistischen Charakter und versetzte mich in Angst und Schrecken. Es sind die Einflüsse denen man ausgesetzt wird, denen man aber nicht ausgesetzt sein will. Ich wollte schnellstens weg hier, bevor die Frau mich bemerkt und mit ihrer aggressiven Art Jagd auf mich macht.

Damit meine Flügelschläge nicht gehört werden, die für das menschliche Ohr das markerschütternde bzzzzz, bzzzzz, bzzzzz verursachen und genauso aggressiv macht wie zehn Presslufthämmer, schlich ich mich vorsichtig und leise an der Wand entlang, bis ich das offenstehende Fenster erreichte. In Situationen wo Dinge auftreten, von denen man nicht überzeugt ist das man sie unbeschadet übersteht, wo der Körper völlig entmachtet wird, ist es besser die Flucht zu ergreifen.

In der dunklen Dämmerstunde stieß ich wieder auf Mona Moskito und Alma Schnake, erzählte ihnen von der krakeelenden Frau und von dem andersgearteten Paar in der Haustürnische.

»Ja eigentlich sind es paarungswillige, hemmungslose Menschen, die sich ihrem lustorientierten Lebenswandel hingeben,« äußerte sich Mona Moskito. »Sie lassen sich eher auf einen One Night Stands ein, als auf eine Dauerbeziehung. Dabei vergessen sie meist noch zu verhüten und wundern sich dann, wenn der Mann Neun Monate später Post vom Amtsgericht bekommt.«

»Sie bezeichnen sich auch als Krone der Schöpfung,« fuhr Alma Schnake dann weiter fort, »weil sie der Meinung sind die intelligentesten Wesen auf der Welt zu sein. Dabei können sie noch nicht mal fliegen.«

Ich staunte über die beiden. Sie wissen so viel über die Menschen und ich war froh, sie kennengelernt zu haben.

## 10. Es war das Gefühl des Todes

Gemeinsam flogen wir durch die Dunkelheit. Überall waren Wohnungen mit leuchtenden Fenstern zu sehen. An den Ecken standen Ampeln, einige in Rot, einige in Grün. Sie sind wie Äpfel die es in Rot, Gelb und Grün gibt, wobei meistens Rote gekauft werden.

»Komm las uns hier rein,« sprach Mona Moskito und flog durch ein offenstehendes Oberfenster. Ohne Worte folgten wir ihr. Doch hinter dem Oberfenster hielt uns ein großflächiges Stück Store davon ab, weiter ins Zimmer hinein zu fliegen. Es ist eine weiße halbtransparente Gardine, die eine gewisse Sichtbarriere von außen darstellen soll, ein sehr dicht gewebter leichter Stoff, der durch seine feinfädigen Maschen kein durchdringen ermöglicht.

Ich vernahm plötzlich den wohlriechenden Duft eines feinen Moschusgeruches wahr, das aromatische Bouquet eines jungen Menschen in einem gesundheitlichen guten Zustand, mit keinerlei genetischer Vorbelastung, aber Pheromonen, die eine wünschenswerte Reaktion bei vielen Menschen in Gang setzen kann.

»Hier entlang,« hörte ich Mona sagen, die mich plötzlich und unerwartet aus meinen

Sinnestaumel riss. Mona wäre nicht Mona, wenn sie nicht auch hier einen Ausweg finden würde. Der Store war zwar mit einem Dekorationsschal kombiniert, doch an den jeweiligen Enden stand dieser ein Stückchen von der Wand ab, wo wir ungehindert herausfliegen könnten und mitten in einem großen Raum landeten.

Kräftig mit den Flügeln schlagend durchquerte ich diesen Raum. Es war ein repräsentatives Wohnzimmer mit allerlei herumgestehenden Mobiliar und einigen Bildern an den Wänden. Am Ende des Raumes ein Durchbruch, dem verschiedene Begriffe zugeordnet werden. Steht man auf dieser Seite davor, ist es ein Ausgang, von der anderen Seite gesehen wäre es ein Eingang. Wieder roch ich das angenehm-milde und auch wohltuende Aroma mit seiner markanten und erhabenen Ausstrahlung.

Meine Nase folgte der Spur und mit mir Mona und Alma. Unser feinfühliges Riechorgan ermöglicht es, die kleinsten Unebenheiten, in einem noch so raffinierten Versteck aufzuspüren, zu entdecken. Sie erlaubt es sogar, Gut und Böse voneinander zu unterscheiden, Recht und Unrecht gegeneinander abzugrenzen sowie Wahrheit und Lüge zu interpretieren. Ja, unserer Nasenarbeit entgeht nichts, nicht mal die allerkleinste Spur.

Als wir ins Schlafzimmer kamen, lag da eine Frau wie die Göttin Venus persönlich auf dem Bett, wie ein liegender Akt in einem Kunstwerk von Pierre Auguste Renoir, Francisco de Goya und Amedeo Modigliani zugleich. Ihr linker Arm verdeckte die Brust, als wenn sie ein sexy Spiel mit dem Verborgenen trieb.

Sie war aufregend schön, hatte hohe Wangenknochen und ein strahlendes Lächeln auf den Lippen.

Geräusche waren zu hören, eine Tür im Flur schloss sich. Mit gemächlichen Schritten kam ein Mann ins Schlafzimmer. Er hielt ein Handy in der Hand und während er sich unter die Bettdecke legte, bediente er die Tastatur dieses Gerätes. Nach einer Weile bewegte er rümpfend seine Nase durch die Luft und fragte:

»Hast du frisch bezogen? Das riecht so anders,« worauf sie mit dahin schmelzender Stimme antwortete:

»Das bin ich!«

»Du,« erstaunte es ihm.

»Mhm!«

»Neues Parfüm?«

»Bodylotion! Macht die Haut geschmeidig

zart und gibt ihr ein erotisches Odeur.«

»Warum?«

»Weil ich dich verführen will. Du sollst heute mein Stürmer sein und ich werde als Torwart deine Geduld auf die Probe stellen.«

Dabei rückte sie näher zu ihm und fing an ihn zuerst ganz langsam zu berühren. Dann fingen beide an sich zu streicheln, sich überall zu streicheln und wurden heiß, bis ihnen der Schweiß kam. Voll konzentriert auf den samtweichen Körper, stürzte der Mann sich auf die wunderbaren Rundungen und auf den wohlriechenden Duft seiner Frau.

Es war wie das Brennen eines Kamins, das zuerst anfängt zu glühen und sich dann zu einem Feuer erhebt. Eine nicht löschbare Flamme, als wenn man brennendes Öl mit Wasser zu dämpfen versucht. Beide verloren komplett die Kontrolle über ihren Verstand und gaben sich hin, dem Feuer im Inneren.

Die Kraft der Glut nahm immer weiter zu und ein Teppich funkelnder Rubine versuchte sich auszubreiten. Irgendwann erlosch das Feuer, das die Spuren der Entkräftung hinterließ, und es trat die Phase der Entspannung ein.

Erschöpft ließen sie ihre Köpfe ins Kissen fallen, schwitzten und der zuckersüße

Geruch des Schweißes stieg mir aufreizend in die Nase.

Ich war gerade im Begriff eines dieser Menschen anzufliegen, da dessen Körper schön durchblutet waren, als Mona Moskito mich mal wieder zurück hielt:

»Jetzt noch nicht.«

»Warum nicht,« Wollte ich wissen.

»Erstens sind sie noch wach und damit reaktionsschnell. Zweitens ist noch Licht an, wodurch sie uns besser orten können. Warte bis sie eingeschlafen sind. Wenn sie uns dann bemerkten und Licht anmachen, dauert es eine gewisse Zeit, bis sich das menschliche Auge an die Helligkeit gewöhnt hat. Eine Zeit, die unser Leben retten kann.«

Ja, die Menschen. Sie haben ein Problem damit, wenn sie augenblicklich ins grelle Licht sehen, kneifen dann die Augen zu, weil sie einen stechenden Schmerz verspüren, als wenn der Lichtstrahl sich durch den Augapfel bohren würde. Sie sehen dann an der Stelle der hellen Lichtquelle für einige Sekunden nur noch einen schwarzen Fleck.

Mona weiß viel über Menschen. Sie hat Lebenserfahrung, besonderes Wissen, trifft kluge Entscheidungen und ist bereit, ihr impliziertes Wissen an andere weiter zu geben. Was nützt ihr auch die eigene Weisheit, wenn man sie nicht weitergeben kann.

Es raschelte im Bett. Der Mann drehte sich zur Seite, nahm sein Smartphone von Nachtschrank und fing an sich damit zu beschäftigen. Kurze Zeit später sprach er:

»Schatzi, jetzt können wir endlich nachts die Fenster offen lassen.«

»Wie bitte,« echauffierte sich die Frau. »Da kommen doch die ganzen Mücken rein.«

»Nein,« erwiderte der Mann. »Ich habe hier eine neue App geladen, die kann Insekten mit einem so hohen Ton verscheuchen, der in der oberen Frequenz des von Menschen hörbaren Bereiches liegt.«

»Das wäre ja toll, wenn es funktionieren sollte.«

»Natürlich funktioniert es. Du merkst gar nichts davon, nur die Mücken kriegen Ohrensausen und Schädelbrummen davon.«

»Hauptsache, der hohe Ton bringt nicht die Glasscheiben zum Bersten.«

Weit gefehlt, dachte ich mir. Wir können zwar wie andere Landwirbeltiere hören, aber da wir wesentlich kleiner sind, ist die

Empfindlichkeit unserer Hörorgane wesentlich geringer. Unsere Männchen, die können viel besser hören. Sie nehmen mit Hilfe ihrer nur wenigen Millimeter langen Antennen an ihrem Kopf das Summen unseres Flügelschlages war. Wir Weibchen hingegen verfügen über ein einfaches, nicht sehr effizientes Gehör. Nur eine spezialisierte Organstruktur erlaubt uns eine Hörleistung, wie zum Beispiel bei einer Kommunikation innerhalb unserer Population.

Also lassen wir uns von hochfrequenten Tönen nicht abhalten.

Das Licht wurde ausgeschaltet. In wenigen Minuten werden sie eingeschlafen sein, dann wird die Oase der Verzückung eröffnet und die Versorgung des leckeren roten Hämoglobinsaftes ist sichergestellt. Dann sind die Menschen unterwürfig, dann heißt es:

"I'm walking...
Yesterday...
and I'm talking...
about you and me
and I'm hoping,
that you came back to me"

Wir sind geduldig wie Pelikane, die hinter einem Angler stehen und warten, um ihn anschließend wieder von den Fang seines

Lebens zu befreien oder wie Pflanzen, die Stunden wenn nicht sogar Tage brauchen, bis sie sich der lebenswichtigen Sonne zugedreht haben. Für alles gibt es eben einen richtigen Zeitpunkt, wenn man nur lange genug auf diesen Zeitpunkt wartet.

Und dann war es soweit. Ich erklärte die Wartezeit als beendet und flog los. Kreisend um den Kopf des Mannes herum suchte ich eine Stelle mit möglichst wenigen Haaren, die schön warm und gut durchblutet war.

Doch dann wurde der Mann wach, griff geschwind zur Nachttischlampe, schaute in der Gegend umher, sah mich und schlug blitzartig mit beiden Händen nach mir. Es wurde plötzlich dunkel um mich. Verzweifelt versuchte ich einzuatmen, doch die Luft entschwand sofort wieder. Ich wurde unruhig, spürte eine Anspannung, fing an mit imaginären Wesen zu reden.

Mein Geschmacks- und Geruchssinn entschwand. Muskeln verloren allmählich die Fähigkeit, dem Willen zu gehorchen und mein Körper fing an herabzusinken. Müdigkeit überkam mich, eine lähmende Müdigkeit die meine Wahrnehmung beeinträchtigte. Ein allgemeines Unwohlsein entstand.

Es ist wie das Gefühl in einem Spinnennetz zu kleben. Der Wille kämpft ums Überleben, doch der Widerstand ist zu groß, langsam wird der Körper schwach. Man versucht sich freizumachen, sich von der klebrigen Masse zu lösen und man bewegt mit letzter Kraft die Beinchen, als wolle man sich an einer Leiter hinauf ziehen.

Man hält den Atem an um mehr Kraftaufwand zu erzielen, reißt, zieht, streckt und dehnt sich. Aus Reflex verschließt sich die Luftröhre, die Bewusstlosigkeit setzt ein und anschließend die Peristaltik, die Muskeltätigkeit für verschiedene unserer Organe.

Ein Gefühl entstand, als ob das Umfeld nicht real wäre, als ob ich im Nebel stehen würde, ich mich von mir trennte und nun sensibel gegenüber Licht und Geräuschen geworden bin.

Ist das der Tod, fragte ich mich und sah dabei in einen Lichtstrahl. Magisch angezogen ging ich dem Glanz der Lichtquelle entgegen. Sie strahlte Wohltätigkeit und Wärme aus und trieb mich immer weiter, dem glänzenden Schein entgegen. Es war der Weg in eine noch unsichtbare und unbekannte Dimension, ein durchwandern der Schleuse zum ewigen Leben, ein Übergang vom Ende der Existenz in einen anderen Daseinszustand.

Das Licht wurde immer heller, der Schein

immer behaglicher und das Gefühl in mir immer bestimmter. Frohsinn und Zufriedenheit durchströmten meinen Körper, über das bevorstehende Betreten des tierischen Paradieses; ein Platz der Jenseits der erdgebundenen Zeit liegt; ein Ort wo ich weiterleben werde in einer Welt voller Harmonie.

Ich dachte an einen Apfel, der reif ist, vom Baum fällt und wartet, dass er von Menschen oder Tieren verspeist wird. Er verbringt immer noch eine Ewigkeit in einer Art Zwischenstadium zwischen Leben und Tod. Einerseits ist sein Wachstum beendet, da er vom Mutterbaum nicht mehr mit Nährstoffen versorgt wird, andererseits ist sein Gewebe noch intakt und der Zerfallsprozess hat noch nicht eingesetzt. Erst wenn der Mensch oder das Tier seine Zähne in den Apfel schlägt, ihn zerkaut und in seinen Magen befördert, setzt der wahre Tod des Apfels ein, dessen Restbestandteile ein würdiges Ende finden wird.

Als ich am Ende dieser dunklen Räumlichkeit ankam, schaute ich hinaus und erschrak.

## 11. Wie ein Basejumper stürzte ich mich auf den wohlriechenden Körper

Es war nur eine katastrophale Reise in die Untiefen meiner Seele. Eine unwirkliche Vorstellung, in der Zeit und Raum zusammenbrachen, die mit einer naiven Vorstellung verbunden waren.

Ich befand mich in den Handflächen zweier riesiger Hände, die zusammen klatschten, sich jedoch nicht komplett berührten, da sie durch die Fingerwurzeln, dem Muskel der Handkante und dem Daumenmuskel eine Schale, also einen Hohlraum bildeten.

Wiedermal ist der dunkle Kelch des Todes an mir vorübergegangen. So nutze ich den Spalt zwischen zwei Fingern als Mach-dich-weg Notausgang und flog zu Mona und Alma.

»Ich hab dir gesagt, warte«, sprach Mona Moskito zu mir. »Er schlief noch nicht tief genug.«

»Wie hast du denn das wieder bemerkt,« fragte ich neugierig.

»Du musst die Ruhe spüren, die von ihm ausgehen, die Ruhe des Atmens und die Ruhe seiner Träume, die ihn weit von der Realität wegführt.«

»Aha,« erstaunte es mir.

»Schau dir die Frau an,« sprach Mona weiter. »Ihr rechter Arm liegt über ihren Kopf und ihr rechtes Bein hängt zu Boden. Die Haare liegen ihr wuselig im Gesicht und auf der Stirn. Ihre Brust hebt sich sanft und ihre Muskeln sind weich und schlaff. Sie schläft tief und fest.«

»Wow, was du alles so bemerkst.«

Der Mann hatte zwischenzeitlich seine Hände geöffnet, schaute auf die Handfläche und stellte fest, dass keine Überreste eines Insektes wie Treibholz in einer Blutlache trieben.

»Scheiße,« flüsterte er zu sich und schaute dabei zu seiner Frau, die ruhig und gelassen dem Tiefschlaf versunken war. »Warum hat Noah nicht die beiden Stechmücken auf der Arche erschlagen.«

Er schloss die Schlafzimmertür und versperrte somit unseren Rückzug durch das Oberfenster im Wohnzimmer. Dann legte er sich wieder nieder, nahm sein Handy, kontrollierte die Funktion seiner hochfrequenztechnischen App und ließ dabei fortwährend seine Augen durch das fast dunkle Zimmer kreisen.

Nach kurzer Zeit fielen sie ihm langsam zu. Im Halbschlaf tastete er noch zu dem

Lichtschalter, löschte die Lampe und verfiel ein einen tiefen Schlummer, in einen traumgeplagten Schlaf.

»Wollen wir los,« fragte ich.

»Sei nicht so ungeduldig, du bekommst deine Mahlzeit schon,« wurde mir entgegnet.

Und so verweilte ich weiterhin. Ich schloss meine Augen und fing an zu dösen, sah wie ich im Garten einer Großfamilie in einem ausblasbaren kreisrunden Model von Badewanne badete, mit einem Durchmesser von ungefähr zwei Metern, dass knöcheltief mit roten eisenhaltigen Hämoglobinsaft gefüllt war. Dabei dachte ich an Dracula, mit dem man uns vergleicht. Ein Mann der sich wie ein Bundestagsabgeordneter mit weißem Hemd, roter Fliege, dunklem Umhang und schwarzer Hose verkleidet, sich nur von Blut ernährt, Lichtscheu ist, Mundgeruch durch Knoblauch fürchtet, Kreuze als geschmacklose Deko empfindet und eine eigenartige Schlafgewohnheit hat, nämlich in einer Holzkiste zu übernachten. Ich dachte gerade daran, was wohl passieren würde, wenn man die Kiste mit einer Sonnenbank vertauschen würde. Doch meine Assoziation wurde plötzlich von Mona Moskito unterbrochen:

»Siehst du den Mann jetzt,« fragte sie.

»Ja, wieso?«

»Sieh ihn dir genau an.«

»Tu ich doch.«

»Er schnarcht sachte, ruhig und gleichmäßig. Sein Schnurbart weht leicht unter dem Atem, der durch seine Nase dringt. Die Brust bewegt sich gelassen auf und ab.«

»Sccccchhhhh Rapüüüüüh,« stieß es gedämpft aus dem Munde des Mannes. »Sccccchhhhh Rapüüüüüh.«

»Hörst du die Ruhe?«

»Ähm…, ja.«

Eine atemberaubende Ruhe war zu hören. Eine Ruhe fern jeglicher Hintergrundgeräusche die am Tage erzeugt wurden und die besonders in der Nacht nicht mehr vorhanden sind, wie zum Beispiel der Straßenlärm.

Dafür hört man meistens andere Geräusche, wie das Klopfen an der Wand, oder es knarrt und quietscht irgendwo im Haus. Das liegt daran, dass das Baumaterial das von der Sonne erwärmt wurde sich dann, wo die Sonnenwärme fehlt, wieder zusammen zieht.

Ängstliche und abergläubische Menschen halten solche Geräusche viel eher für

Geisterlaute, für Gespenster die nachts ihr Unwesen treiben. Dabei gibt es Gespenster nur auf Geisterschiffen und verlassenen Spukschlössern.

Doch hier war nichts zu hören, nur das leichte ein- und ausatmende Geräusch des Mannes.

»Es ist eine außergewöhnliche Ruhe,« setzte Mona ihr Dialog fort. »Sie ist nur da, wenn Menschen beim Schlafen bedachtsam atmen. Wenn du diese Ruhe verspürst, dann befinden sie sich im Tiefschlaf und die Rush Hour kann beginnen.«

Wie ein Basejumper mit einem Flughörnchen-ähnlichen Anzug, einem Wingsuit, stieß ich mich von der Wand ab und fing an, kräftig mit den Flügel zu schlagen. Wir gelten unter den Lebewesen als Weltmeister im Flügelschlagen und schaffen an die neunhundert Schläge pro Sekunde. Im Vergleich zu den Maikäfern ist das zwanzigmal so oft und im Gegensatz zu den Libellen sogar vierzigmal so häufig.

Flügel von Flugtieren sind vergleichbar mit der Tragfläche eines Flugzeuges. Werden sie verhältnismäßig wenig bewegt, halten sich die Flugtiere in der Luft, Gleiten oder Schweben. Den Schub, also die Kraft vorwärts zu kommen, übernehmen bei Flugzeugen klassischerweise Düsen oder

Propeller, wir hingegen schwingen mit dem Flügeln. Auch wir würden gerne nur gleiten, weil das am sparsamsten ist. Das lassen aber unsere Lebensumstände nicht unbedingt zu, so dass wir ohne anstrengendes Schlagen unserer Flügel nicht in die Luft kommen.

Meister im Fliegen ist der Albatros. Sein dynamischer Segelflug ist kaum an Eleganz zu überbieten. Dafür braucht der große Vogel allerdings unterschiedliche Windgeschwindigkeiten, wie sie über dem Meer herrschen. Dann fliegt er quasi von ganz allein: In der einfachsten Variante segelt er zunächst gegen den langsameren Wind dicht über den Wellen und lässt sich emportragen, wendet und rauscht dann mit den schnelleren Winden vorwärts. Anschließend wieder gegen den Wind hoch, mit dem Wind vorwärts und so weiter.

Wir hingegen müssen uns mit dem Flügelschlagen behelfen, was allerdings für die Menschheit ein nerv tötendes sirrendes Geräusch erzeugt und um das abzustellen, machen die Menschen immer wieder Jagd auf uns. Dabei genügt ein Schlag in der richtigen Sekunde. Ich muss also wiedermal höllisch aufpassen, um nicht bemerkt zu werden.

So ließ mich am Bettkopfteil erstmal nieder, um sicherzugehen, dass ich nicht bemerkt wurde. Währenddessen treffe ich schon mal meine Wahl von welchen der Düfte ich mich besonders angezogen fühlte, von dem des Mannes oder der Frau. Mein Idealfall trifft oftmals auf Frauen. Sie riechen mit ihren Parfums, Körperlotionen und Sonnencremes mit fruchtigen und blumigen Duftnoten einfach besser, als Männer mit dem maskulinen Aromen stark riechender Speisen, auf den wiederum andere Artgenossen stehen.

Hier in der Wohnung sind die beiden Menschen konkurrenzlos attraktiv, denn es sind keine anderen Warmblüter da, die auch gut riechen, wie zum Beispiel Hunde, Katzen oder Vögel.

Es gibt unterschiedliche Rassen unserer Art. Einige von ihnen bedienen sich dem menschlichen Blut, andere wiederum dem der Vögel; manche müssen vor der Eiablage Blut saugen, andere nicht. Wir jedoch gehören zu der zweiten Kategorie.

Während der Mann sich unter der Bettdecke verkrochen hatte, hing das rechte Bein der Frau immer noch zu Boden. Der Oberschenkel mit seinen darunter liegenden Blutgefäßen, ein idealer Landeplatz für mein Vorhaben, dachte ich mir und landete daraufhin auf dieser samtweichen Haut.

Langsam bereitete ich den Eingriff vor.

Dabei setzte ich die Enden meiner Unterlippe auf die Haut, die die Form eines Stechrüssels hat, schob die Umhüllung zurück, sodass meine äußerst wirksamen Messer zum Vorschein traten und ritzte mit denen die Haut ein wenig ein. Dann transportierte ich ein wenig Speichel in den Schnitt. Dadurch wird das Blut verflüssigt und eine Gerinnung verhindert, sonst würde ja mein Rüssel während der Nahrungsaufnahme verstopfen. Außerdem wird damit die Stichwunde isoliert, also in eine sogenannte Bewusstlosigkeit versetzt.

Vorsichtig führte ich das Röhrchen in die Wunde ein, fing an das Blut zu saugen. Mein Bauch quillt prall und rund über meine restliche Körpergröße hinaus. Er blähte sich immer weiter auf, wurde immer massiger, immer voller. Lange brauchte ich nicht bis nichts mehr ging. Dann waren meine Speicher vollgepumpt. Ich war doppelt so dick, wie vor der Mahlzeit.

Jetzt heißt es vorsichtig abheben, mein doppeltes Eigengewicht in die Lüfte befördern und auch halten. Als Senkrechtstarter können wir uns nur, vielleicht mit einem kleinen Anlauf, vertikal in die Lüfte erheben. Dabei bewirkt das zusätzliche Gewicht eine enorme Kraft auf unseren Körper aus, die durch einen deutlich höheren Flügelschlag noch verstärkt wird.

Das wiederum bewirkt ein noch lauteres Summen als sonst.

Auf dem Schafzimmerschrank stieß ich wieder auf Mona und Alma, die mit ihren aufgequollenen roten Bäuchen wie Rotarschpaviane aussahen und auf mich warteten.

»Der Mann hat die Tür zugemacht,« sprach Alma Schnake. »Wir müssen wohl übel die ganze Nacht hier verbringen.« Dabei riss sie ihr saugendes Mundwerkzeug so weit auf, dass man fast sämtliche Eingeweide sehen konnte.

»Ich komme mir vor wie ein Mastschwein,« erzählte Mona Moskito. »Ich fühle mich zwar dick und fett wie eine aufgedunsene Qualle, aber der Gedanke das ich durch die proteinhaltige Nahrung nun viele kleine Mückenbabys zur Welt bringen werde, erregt mich dann doch schon sehr.«

»In ein paar Tagen wirst du dein weibliches Ideal mit dezenten Kurven wieder haben,« kamen als tröstende Antwort von Alma. »Mir geht es nicht anders. Ich komme mir im Moment vor, als hätte ich ein großes Stück Apfelkuchen mit Mayonnaise zu mir genommen.«

»Ja und ich habe so das richtiges Wohlfühlgewicht,« erwähnte ich.

»Das sieht man. Manche würden dich so als Filmdouble von Schweinchen Dick verwechseln oder als englische Telefonzelle.«

»Ja und wenn das Blut in deinem Bauch Gelb wäre, wurde man "Hallo Taxi" rufen.«

»Oder dich als gestrandeter Wal ins Meer zurück schieben.«

»Naja so schön schlank wie ein Skelett sind wir nun mal eben nicht.«

»Dick ist eben eine ausgesprochene subtile Erotik.«

»Mein Bauch ist so prall gefüllt, dass es mir vorkommt als würde ich ein Michelin-Männchen sein. Ich könnte jeden Moment platzen,« sprach Alma Schnake.

Bei diesem Geschwätz, wo man sich gegenseitig versucht in den See zu schubsen, legte sich so langsam das Völlegefühl bei mir ein und ich war schon wieder bereit, mich auf das nächste Opfer zu stürzen. Doch eigentlich hatte ich genug Proteine zu mir genommen um die Vollkommenheit der Eier zu gewährleisten. So suchte ich mir eine Ecke, um ein wenig zu dösen und um den nächsten Tag abzuwarten.

## 12. Nach der Verdauung kommt die Eiablage

Es war sechs Uhr dreißig, als es klingelte. Mit einem Hieb brachte der Mann den Wecker zum Schweigen. Verwirrt rappelte er sich auf, fuhr mit gespreizter Hand durch sein zerzaustes Haar, setzte seine Brille auf und blickte dabei zu seiner noch selig neben ihm schlafenden Frau. Sie hatte offensichtlich das Klingeln des Weckers überhört.

Dann ließ er seine Hand über seine Schulter gleiten und fühlte einige kleine Hügel, eine Hinterlassenschaft von Alma Schnake, die die Wehrlosigkeit des Mannes schamlos ausgenutzt hatte.

»Diese miesen kleinen Vampire,« murmelte er sich in den Bart. Dabei bewegte er schwungvoll seine Beine auf dem Bett, nahm sein Smartphone, klickte auf das Mückensymbol und schaute sich die eingeschalteten Frequenzbänder an, die angeblich Mücken abwehren sollten.

»Scheiß App,« flüsterte er zu sich. »Kostenlos bedeutet also in der Herstellersprache: nutzlos.«

Er schloss die App wieder, warf das Smartphone auf den Nachschrank, sah sich im Zimmer um und sprach weiter:

»Heut Nacht hänge ich mir Knoblauch übers Bett, dann werdet ihr sehen, wer der Klügere ist.«

»Er hat es jetzt wohl auch begriffen, dass uns das hochfrequente Gepiepe komplett unbeeindruckt lässt,« sprach Alma Moskito zu mir. Sie hatte sich neben mir gestellt um zu sehen, wie sich das Spektakel in ein tänzerisches Glanzlicht verleiten lässt.

»Ja,« erwiderte ich, »und Knoblauch hilft auch nur, wenn die Menschen uns beim Schmeißen damit treffen.«

Der Mann stand auf, öffnete die Schlafzimmertür und ging ins Badezimmer. Sofort machten auch wir uns auf den Weg, flogen durchs Wohnzimmer, dort seitlich am Vorhang vorbei zum Oberfenster und damit hinaus in die Freiheit.

Es regnete. Es war ein gemächlicher, gleichmäßiger fast weinender Regen. Er sammelte sich in kleinen Pfützen, auf denen sich die grauen Wolken spiegelten und die Tropfen hin und her tanzten. Wir machten uns trotzdem auf den Weg, auf dem Weg zu einem Versteck, wo wir ungestört unsere Mahlzeiten weiter verdauen konnten.

Eigentlich macht uns der Regen nicht viel aus, denn einigen Tropfen können wir rechtzeitig ausweichen. Manche Menschen sind der Meinung, dass wir die Ninjas der

Lüfte sind, weil wir jeden Spritzer ausweichen und dass wir uns das in einem harten Training angeeignet hätten.

Das ist alles Quatsch. Größere Tropfen schieben eine Druckwelle vor sich her, die dafür sorgt, dass wir zur Seite gepresst werden, wenn wir dessen Flugbahn kreuzen, weil wir einfach viel zu leicht sind. Das rettet uns das Leben. Es ist wie bei einem Auto das auf einen Ballon zufährt. Der Ballon zerschellt nicht an der Windschutzscheibe, er wird genauso wie wir beiseitegeschoben. Nur wenn das Auto den Ballon gegen ein festes Hindernis drückt, würde er zerplatzen, genauso wie wir auch.

Das ist unter anderem auch der Grund, dass Fliegenklatschen Löcher haben. Hätten sie keine, würde auch hier die Druckwelle uns zur Seite pressen.

Dennoch sind wir nicht unverfehlbar. Immer wieder trifft auch uns ein Tropfen. Das sind dann kleinere Regentropfen, die keine ausreichend große Druckwelle aufbauen. Sie drücken uns zwar um einige Körperlängen nach unten, aber nachdem wir wieder frei sind können wir unseren Flug normal fortsetzen.

»Autsch,« schrie ich als mich wieder ein Tropfen traf und ein gewaltiges gläsernes Produkt meinen ganzen Körper bedeckte. Er zog mich in die Tiefe, verlor dabei kaum an Geschwindigkeit und nur durch ein gekonntes Flugmanöver, konnte ich dem wässrigen Element entfliehen.

»Hä, hä, hä,« lachte ich ihm schadenfroh hinterher. Doch das Lachen blieb mir ganz schnell im Halse stecken, als mich der nächste Tropfen traf. Im Sturzflug riss er mich hinunter Richtung Boden. Eine Umwandlung der potenziellen Energie in eine kinetische Energie, die durch eine plastische Verformung enden könnte. Hier merkt man sofort, dass das Unten und das Oben durch die Schwerkraft geregelt werden.

Es ist wie das Bungee-Jumping, wo man sich in den Abgrund stürzt, um entweder einen erregenden, atemberaubenden und nervenzerreißenden Adrenalinkick herbeizuführen oder im Angesicht des möglichen Todes zu sich selbst zu finden.

Ich erhöhte meine Flügelschläge, neigte mich nach unten und begann zu trudeln, mich korkenzieherähnlich seitlich wegzubewegen.

Doch Tropfen sind überaus gesellige Geschöpfe. Kaum einem entflohen, trifft mich schon der nächste. Wieder musste ich akrobatische Leistungen vollziehen, um nicht mit dem Tropfen auf dem Boden zu zerschellen.

Dann endlich hatte ich einen Unterschlupf unter einem Baum gefunden, unter diversen Blättern die dicht beieinander standen. Auch hier traf gelegentlich ein Tropfen das Blatt und versetzte es in eine leichte Vibration.

Langsam hörte es auf zu regnen und der Himmel klarte auf. Ich schaute hinunter auf den Boden, wo sich Pfützen aneinander reihten, gefüllt von Regentropfen, die eben noch gemeinsam tanzten als ob sie sich zurück in die Wolken sehnten.

»Ein idealer Platz für die Eiablage,« sprach plötzlich Mona Moskito zu mir. Sie hatte genau wie ich Unterschlupf gesucht und hier gefunden und auch Alma Schnake befand sich nur zwei Blatt weiter.

»Wenn man an einer solchen Pfütze, die frisch nach einem Regen gebildet wurde, der Erste ist, hat der Nachwuchs die besten Chancen.«

»Wieso,« fragte ich.

»Nun, unsere engsten Nahrungskonkurrenten, die Wasserflöhe, suchen sich zur Besiedelung auch Pfützen als Brutplätze aus. Allerdings sind sie viel zu langsam, weil sie immer auf den Transport durch ein anderes Tier angewiesen sind oder durch einen starken Luftstrom des Windes.«

»Dein Wissen erstaunt mich immer wieder,« bemerkte ich.

»Tja,« sprach Mona Moskito weiter, hob ihre beiden vorderen sehr langen und stelzenartigen Beine und warf sich dabei prahlerisch in die Brust. »Mein unverblümtes Wissen, spiegelt den ungemeinen sympathischen Charakter von mir mustergültig wieder.«

»Angeber,« rief Alma Schnake herüber, kam angeflogen und sprach dann zu mir:

»Für uns ist die Eiablage noch viel zu früh. Das Blut muss erstmal richtig verdaut werden, das heißt die Abfallstoffe des Stoffwechselprozesse dem Blut entnommen und in flüssiger Form in den Verdauungskanal gegeben werden.«

Nach ein paar Tagen war das Blut dunkel geworden, es war verdaut und wurde sukzessive ausgeschieden.

Ich machte mich auf die Suche nach einem geeigneten Platz und kam an einer Regentonne vorbei, eine Art Zisterne zum Auffangen von Regenwasser für die Gartenbewässerung. Doch was passiert, wenn schon morgen Wasser entnommen wird und mit der Entnahme mein Nachwuchs?

Kurz entschlossen flog ich weiter, wollte

an einem anderen Ort mich meiner Eier entledigen. So kam ich an einem Teich vorbei, ein fischloser Gartenteich. Doch lebten dort Wasserkäfer und Wasserwanzen. Sie fangen uns bevor wir überhaupt unsere Eier abgelegt haben. Außerdem leben in solchen Gewässer auch Käfer und Libellenlarven, die die Eier und die frisch Geschlüpften sofort fressen.

Mein Weg führte weiter an Jauche- und Abwassergruben, an Sickerschächte und Kanalisationen, an Gullys und Gartenteile mit faulendem Pflanzenmaterial vorbei, an wassergefühlte Altreifen und Konservendosen, an durchhängende und verstopfe Dachrinnen und an Pfützen auf den Straßen, die sich in Schlammteiche verwandelt hatten.

»Eine Hölle,« dachte ich mit. »Hier soll mein Nachwuchs nicht zur Welt kommen. Niemand hat Spaß daran, im trüben Gewässer zu fischen.« Und so flog ich weiter und landete urplötzlich an meiner Geburtsstätte. Ein kleiner Bach, an einem kaum fließenden Gewässer.

Hier erblickte ich seinerzeit das Licht der Welt, hier sollen meine kleinen Mückenkinder unverletzlich zur Welt kommen. Ich setzte mich auf die Wasseroberfläche und presste die hellen Eier aus meinen Hinterleib heraus. Fast dreihundert Stück an der Zahl kamen zum Vorschein und es wird nicht lange dauern, dann verfärben sie sich bräunlich. Einige Tage später werden dann die ersten Larven herausschlüpfen. Sie werden dann nicht anderes zu tun haben, als den ganzen zu fressen, sich von Algen und Kleinsttieren zu ernähren die unter Wasser an ihnen vorbei ziehen.

Nach fast drei Wochen passiert die Verwandlung, aus der Larve wird eine Puppe und nach ein paar weiteren Tagen hat sich die Puppe dann weiter entwickelt und ist zu einem kleinen Mückenkind herangewachsen.

Ich hingegen werde mich um eine weitere Generation kümmern, werde mich beim Paarungstanz begatten lassen und mir anschließend mit dem Menschen, einen Kampf bis auf Blut liefern.

Weitere Bücher des Autors, zu beziehen über www.bod.de oder über Buchhandel mit ISBN: 978-3-7347-3083-2

Ein Konkurrent sollte ausgeschaltet werden, ein Unterfangen, das zu scheitern drohte. Doch es wurde eine miese Tour gefahren, eine Tour die ihn immer tiefer in den Sumpf der kapitalverbrechenden Taten und hinterhältigen Korruptionen zog und einen rivalisierenden Bandenkrieg auslöste.